GRIZZLYS IN GEFAHR

MISS DOLITTLES GEHEIMNIS
BAND 13

MOLLY FITZ

KATZENGEHEIMNISSE

ÜBER DIESES BUCH

Da unser Leben in letzter Zeit ziemlich hektisch war, haben Charles und ich beschlossen, einen kleinen Trip mit einem gemieteten Wohnmobil zu unternehmen und uns ein entspanntes Wochenende zu gönnen, bei dem nur die drei R's zählen: Ruhe, Regeneration und Romantik.

Leider stellt sich direkt bei unserer Ankunft heraus, dass aus der trauten Zweisamkeit wohl nichts werden wird, denn wir haben zwei pelzige blinde Passagiere an Bord: einen herrischen sprechenden Kater und einen überdrehten, nervigen Waschbären.

Und als ob das nicht schon des Guten genug wäre, taucht auf dem Campingplatz auch noch eine Leiche auf. Dazu kommen eine Grizzly-Mama, die uns um Hilfe anfleht, ihre Jungen zu suchen, ein angehender Reality-TV-Star, der unbedingt von allen gemocht werden möchte sowie ein paar eigene Geheimnisse.

Uns steht ein wildes Wochenende bevor!

ANMERKUNG DER AUTORIN

Hallo. Danke, dass du dieses Buch gekauft hast. Wenn du ebenfalls ein großer Fan von spannenden, schrägen Tierkrimis bist, sollten wir unbedingt Freunde werden.

Wie wäre es, wenn du direkt einmal meine Facebook-Seite besuchst, die ich speziell für meine treuen deutschen Leser eingerichtet habe? Hier der Link dazu: **Facebook.com/Katzengeheimnisse**

Oder melde dich für meinen Newsletter an und sichere dir als Abonnent gratis ein digitales Geschenkpaket, einschließlich einer exklusiven Kurzgeschichte über Octocat: **Katzengeheimnisse.com/Abonnieren**

Ich bin sicher, wir werden eine Menge

Spaß miteinander haben. Also schnell umblättern ...

Wir sehen uns dann auf der nächsten Seite.

MOLLY

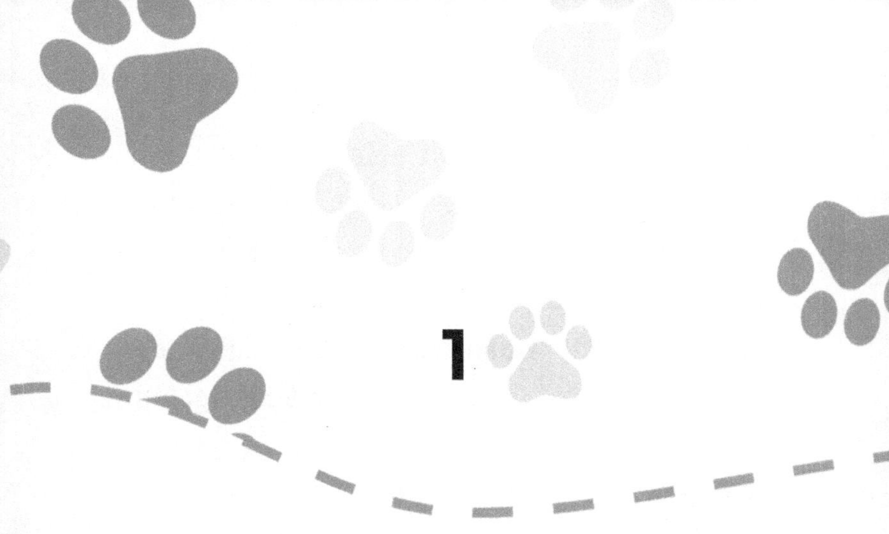

1

ch bin Angie Russo, und in letzter Zeit passiert in meinem Leben ein Unglück nach dem anderen. Das meine ich durchaus wörtlich, denn vor etwa sechs Monaten fanden mein Kater und ich uns in einem entgleisten Zug wieder, und dann, vor ein paar Wochen, hatten wir einen Unfall mit Großmutters Sportwagen, als wir gerade auf der Autobahn unterwegs waren.

Deswegen habe ich inzwischen Bedenken, mich überhaupt noch in irgendein Verkehrsmittel zu begeben und fürchte mich davor fast genauso sehr wie vor elektrischen Kaffeemaschinen, mit denen ich ebenfalls höchst unangenehme Erfahrungen gemacht habe – genau genommen begann alles mit so einem Ding.

Ich wurde nämlich von einer alten Kaffeemaschine ausgeknockt, die mir einen heftigen Stromschlag versetzt hatte, und wachte daraufhin mit der seltsamen Fähigkeit auf, mit Tieren sprechen zu können. Dieser Umstand hat vor allem zu diversen tierischen Verwicklungen und Problemen geführt. Der erwähnte Autocrash ist nur ein Beispiel von vielen. Zudem wurde ich mit mehr als genug Morden, Diebstählen, Entführungen und anderen schändlichen Verbrechen konfrontiert. Das hat man wohl davon, wenn man sich als Privatdetektivin selbstständig macht.

Also, ich will mich nicht beklagen, aber trotzdem könnte ich wirklich mal ein oder zwei entspannte Wochen ohne irgendwelche verstörenden oder gar lebensverändernden Ereignisse gebrauchen.

Ich kann mich nicht einmal mehr daran erinnern, wann ich mir das letzte Mal einfach nur gemütlich ein paar Netflix-Sendungen reingezogen oder einen ganzen Tag mit Lesen im Bett verbracht habe. Außerdem werde ich fast nie für meine Ermittlungsarbeit bezahlt, was die Frage aufwirft: Warum erkläre ich mich eigentlich immer wieder bereit, mich in einen neuen Fall zu stürzen?

Mein Partner bei „Pet Whisperer P.I." – so heißt meine Detektei – hat keine Probleme damit, Nein zu sagen. Zum Glück bekomme nur ich das zu Gehör. Für ihn gibt es kaum etwas Schöneres, als an einem sonnigen Fleckchen zu dösen oder sich eine ausgiebige Katzenwäsche zu gönnen ... Oh, habe ich schon erwähnt, dass mein Kollege ein Kater ist?

Er sieht aus wie eine gewöhnliche getigerte Hauskatze, bildet sich jedoch ein, etwas Besonderes zu sein. Aber pst, er darf nicht erfahren, dass ich das gesagt habe. Sein vollständiger Name lautet Octavius Maxwell Ricardo Edmund Frederick Fulton Russo. Allerdings nenne ich ihn kurz und knapp Octocat, wovon er nicht begeistert ist, doch zumindest hat er aufgehört, sich mit mir darüber zu streiten. Dass er mich eigentlich ziemlich gut leiden kann, zeigt er mir bedauerlicherweise nur selten, aber hin und wieder lässt er sich doch dazu hinreißen, und das ist dann für mich immer das Highlight des Tages.

Seine frühere Besitzerin hat ihm neben einem stattlichen Treuhandfonds, aus dem wir uns derzeit finanzieren, auch noch ein Haus hinterlassen. In dieser unserer – oder besser gesagt seiner – riesigen Villa leben wir also, zusammen mit meiner Großmutter und ihrer Chihuahua-Hündin Paisley, die sie aus dem Tierschutz gerettet hat. Außerdem gibt es da noch den neugierigen Waschbären Pringle, der zwei Baumhäuser in unserem Garten bewohnt und süchtig nach Reality-TV ist. Abgerundet wird unsere bunte Truppe durch meinen Freund Charles, seines Zeichens Rechtsanwalt und ein absoluter Schatz.

Unser jüngstes Abenteuer führte Grandma, Octocat, Paisley und mich auf eine Reise quer durchs Land, um die Freundin meines Katers zu besuchen, eine Himalayakatze und ehemaliges Showmodel namens Grizabella. Auf dem Weg dorthin erfuhr ich, dass Grandma diversen Internetfreunden von meiner besonderen Fähigkeit erzählt hat, die ich eigentlich vor allen Leuten streng geheim halte.

Kurz vor diesem Trip wurde ich obendrein von einem Schwarm Möwen heimgesucht, die mich übel erpressten, um mich dazu zu bringen, ihnen bei ihrem Revierkampf zu helfen. Notgedrungen mussten daraufhin Charles und Pringle, die nicht mitgefahren waren, die Federführung in diesem Fall übernehmen.

Sie schafften es, sodass wir unseren Teil der Abmachung mit den Vögeln einhalten konnten. Diese jedoch haben das Versprechen, das sie mir gegeben haben, bislang noch nicht eingelöst, weil unerwartete Schwierigkeiten aufgetreten sind. Aber ich vertraue ihnen. Sicher werden sie mich schon in wenigen Tagen zu meiner seit Langem verschollenen

Großmutter führen, und ich werde endlich die Wahrheit über meine Abstammung erfahren.

Bis es so weit ist, versuche ich mich auf andere Dinge zu konzentrieren. Jedoch werde ich ständig abgelenkt, hauptsächlich weil Octocat ununterbrochen Forderungen stellt und ich es einfach leid bin, mit ihm zu streiten. Deshalb fahre ich heute zum Beispiel für ihn nach Misty Harbor, was eine gute halbe Stunde dauert, da es am anderen Ende von Blueberry Bay liegt, nur um ihm in seinem Lieblingslokal, dem Little Dog Diner, ein Hummerbrötchen zu kaufen. Und am Ende wird er mir wahrscheinlich noch nicht einmal dafür danken, dass ich ihm seine Bitte erfüllt habe. Ja, so läuft das im Moment bei uns ...

Habe ich schon erwähnt, dass ich wirklich dringend eine Pause von meinem verrückten Leben brauche?

Als ich an diesem Nachmittag mit einer Tüte Hummerbrötchen in der Hand nach Hause kam, saßen zwei Möwen auf meiner Veranda, die offenbar auf mich gewartet hatten.

„Bravo?", rief ich, als ich mich den beiden

näherte, um sie zu begrüßen. „Und ist das Möwina? Das gibt's doch nicht."

Der kleinere der beiden Vögel plusterte sein Gefieder auf und stieß ein trällerndes Kichern aus. Als ich sie vor ein paar Wochen das letzte Mal gesehen hatte, war sie kaum mehr als ein kleines, trauriges Küken gewesen. Jetzt war sie fast so groß wie ihr Adoptivvater und machte noch dazu einen sehr glücklichen Eindruck.

„Wir haben die Suche nach deiner Großmutter beendet", informierte mich Bravo ohne Umschweife. Er hatte versprochen, auszukundschaften, wo meine verschollene leibliche Großmutter wohnte, wenn Charles, Pringle und ich im Gegenzug bei ihrem Revierstreit mit einem anderen Schwarm helfen würden. Ich wusste, dass er sein Bestes tat, um seinen Teil der Abmachung einzuhalten, aber je mehr Zeit verging, desto weniger glaubte ich daran, dass er es schaffen würde.

Jetzt wurde mir klar, dass meine Zweifel an den Möwen unberechtigt gewesen waren, und ich lächelte von einem Ohr zum anderen. „Das ist ja wunderbar! Könnt ihr mich zu ihr führen?" Ich ging zurück zu meinem Auto, doch die Möwen folgten mir nicht.

„Sie ist nicht mehr hier", sagte Möwina mit einem betrübten Kopfschütteln.

Bravo ergriff erneut das Wort: „Sie hat lange Zeit hier in der Bucht gelebt, aber jetzt ist sie nicht mehr auffindbar."

„Ist sie …?" Ich schluckte schwer, weil ich das Schlimmste befürchtete. „Ist sie gestorben?"

„O Gott, nein!", piepste die kleine Möwin und verlagerte ihr Gewicht von einem Fuß auf den anderen. „Sie ist nicht tot."

„Ich habe meine besten Möwen als Kundschafter ausgesandt, aber bisher konnten wir ihren neuen Wohnsitz noch nicht ausfindig machen", fügte Bravo in geschäftlichem Ton hinzu, während Möwina mich mitfühlend ansah.

„Und was jetzt?", fragte ich mit einem Seufzer. Ich wusste es zu schätzen, dass sie es mit allen Mitteln versucht hatten, gleichzeitig brach es mir jedoch das Herz, dass ich meine leibliche Großmutter vielleicht doch nie kennenlernen würde.

„Wir werden die Suche fortsetzen, aber wir müssen den Radius vergrößern. Möglicherweise hat sie den Staat verlassen. Das ist kein Problem, wirklich. Wir werden sie finden, allerdings wird es ein wenig länger dauern als ursprünglich angenommen."

„Danke", sagte ich und rang mir ein Lächeln ab,

obwohl mich die Nachricht, die sie mir gerade überbracht hatten, zutiefst enttäuschte. „Danke, dass ihr nicht aufgebt."

„Nichts kann einen Vogel, der eine Mission hat, aufhalten", erklärte mir Bravo mit entschlossenem Blick.

„Genau!", pflichtete seine Adoptivtochter ihm energisch bei.

„Jetzt müssen wir aber wieder los." Bravo erhob sich in die Lüfte, dicht gefolgt von Möwina.

„Tschüss, Angie", rief das Möwenmädchen, und schon segelten sie mit dem Wind davon.

Ich ließ mich auf die ausgetretenen Eichenholzstufen der Veranda sinken und betrachtete den Sonnenuntergang, während es langsam kühler wurde.

Was würde ich tun, wenn die Suche des Schwarms nach meiner Großmutter erfolglos blieb? Den Rest meiner neu entdeckten Familie in Larkhaven hatte ich bereits ausführlich befragt, jeden Winkel des Internets durchstöbert, und sogar bei einem Portal für Ahnenforschung hatte ich es versucht, aber auch dort nichts in Erfahrung bringen können.

Irgendwo da draußen hatte ich eine Großmutter, von der ich bis letztes Jahr nicht einmal wusste, dass es sie gab. Ihre gesamte Familie war ihr genommen worden, als mein Großvater ihr Baby – meine Mutter – mitnahm und Grandma bat, das kleine Mädchen weit weg zu bringen.

Keiner von uns wusste, warum er das getan hatte, und mein Großvater war bereits verstorben, als ich von seiner Existenz erfuhr. Und so blieben diese beiden Menschen, die eine entscheidende Rolle in meiner eigenen persönlichen Geschichte gespielt hatten, für mich ein Rätsel. Ein Teil von mir fehlte, und ich bezweifelte, dass ich mich jemals wieder komplett fühlen würde, solange ich sie nicht gefunden hatte.

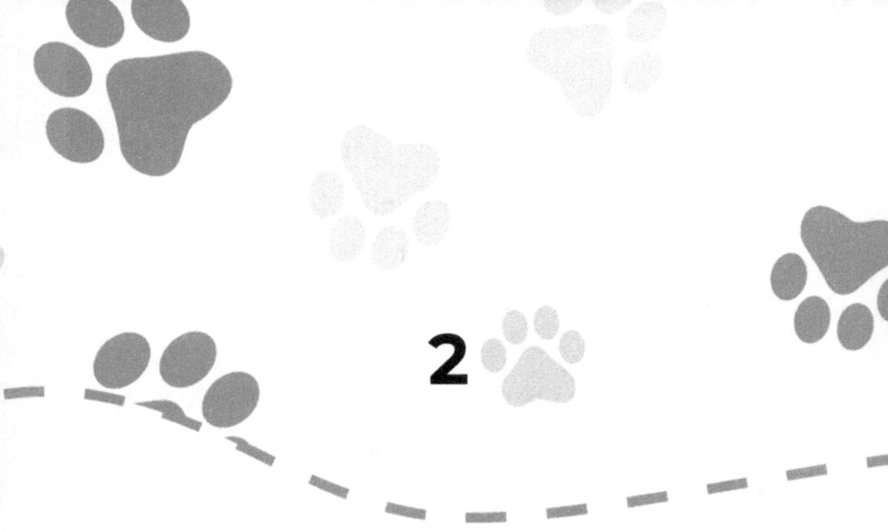

2

rgendwann erschien Octocat neben mir auf der Veranda. Ich war mir nicht sicher, wie viel Zeit vergangen war, seit die Möwen mir die Nachricht überbracht hatten, dass ihre Suche noch länger dauern würde. Es musste aber schon eine Weile her sein, denn mittlerweile war es fast dunkel, und mich fröstelte ein wenig.

„Was machst du denn hier draußen?", fragte Octocat, nachdem sich die automatische Haustierklappe hinter ihm geschlossen und er sich neben mich gesetzt hatte.

Für einen Augenblick keimte in mir die vage Hoffnung auf, er würde mir ein wenig Zuneigung schenken wollen, die jedoch jäh zerstört wurde, als er sagte: „Und wo ist mein Hummerbrötchen?"

Ich seufzte und schob die Papiertüte zu ihm hinüber. Sogleich steckte er seinen Kopf hinein.

„Das ist ja schon ganz kalt", jammerte er, zog es aber dennoch ein Stück aus der Tüte heraus und begann zu essen.

Ich saß da und beobachtete, wie sich die Äste der Weißeschen, die unser Grundstück säumten, im Wind wiegten.

„Willst du, äh, willst du auch was?", fragte mein Kater zögernd. Dabei ließ er den angeknabberten Leckerbissen nicht aus den Augen und verzog das Gesicht, als befürchtete er, ich könnte sein Angebot annehmen.

Ich schüttelte den Kopf. „Nein danke, lass es dir schmecken."

„Du scheinst ..." Er tauchte in die Tüte ab, um den Rest herauszuholen. In der nächsten Sekunde riss das fettdurchtränkte Papier, woraufhin Kater und Hummerbrötchen über die Veranda purzelten. Er schnappte sich das Essen mit den Pfoten und bemühte sich, seine gewohnt würdevolle Haltung wiederzuerlangen. Mit einem Funkeln in den Augen drehte er den Kopf von einer Seite zur anderen Seite und musterte mich. „Du wirkst leicht betrübt", meinte er schließlich. „Was ist los?"

„Bravo hat Schwierigkeiten, meine Großmutter zu

finden." Ich zuckte mit den Schultern und versuchte, meine Verzweiflung zu überspielen.

„Was ist denn daran so schlimm? Du hast so lange ohne sie gelebt. Außerdem habe ich meine Mutter und meine Geschwister nicht mehr gesehen, seit ich ein kleines Kätzchen war. Und aus dem Alter bist du doch schon lange raus, Angela."

Über seine Logik musste ich ein wenig schmunzeln. „Aber man kann Katzen doch nicht mit Menschen vergleichen. Das müsstest du ja eigentlich am besten wissen."

„Weißt du, ich habe in letzter Zeit auch viel an meine Familie gedacht", gab er zurück. An seinem Kinn und in seinen Schnurrhaaren klebten immer noch einige Hummerstückchen. „Irgendwie verbringe ich viel zu viel Zeit mit Menschen und anderen komischen Kreaturen ..."

Er machte eine rhetorische Pause, und ich nahm an, dass er mit den anderen Kreaturen Paisley und Pringle meinte, fragte jedoch bewusst nicht genauer nach.

„Es wäre schön zu wissen, was aus meinen Wurfgeschwistern geworden ist", fuhr er fort und strich sich mit einer Pfote über das Gesicht. „Das beschäftigt mich, seit wir letztens diese kleinen Kätzchen gefunden haben. Vielleicht sind ja aus allen meinen Brüdern und Schwestern solche Prachtexemplare geworden wie ich. Das könnte doch sein, oder?"

„Das erscheint mir sehr unwahrscheinlich", erwiderte ich lachend. Octocat hatte es mal wieder geschafft, sich selbst in den Mittelpunkt zu rücken und mein persönliches Dilemma komplett zu ignorieren.

„Da hast du recht, und es würde einen umhauen, wenn doch, aber dieses Risiko bin ich bereit einzugehen."

Ich drehte mich zu ihm um, stützte die Ellbogen auf die Oberschenkel und den Kopf in die Hände. „Was meinst du?"

Er kaute seinen Bissen zu Ende und schluckte schwer. „Wenn wir deine Familie suchen, will ich auch nach meiner suchen."

„Aber ..."

„Nichts aber. Ich denke, meine Bitte ist berechtigt und es wäre nur fair, da es mein Treuhandfonds ist, aus dem wir alle unsere Rechnungen bezahlen."

„Vergiss nicht, *Curiosity Killed the Cat*", erwiderte ich mit einer hochgezogenen Augenbraue und einem schiefen Grinsen.

„Das ist doch bloß wieder so eine furchtbare Verallgemeinerung, und das weißt du auch. Aber gut, zugegeben, ich bin neugierig. Was ist daran so falsch?", entgegnete mein Kater patzig.

Darauf konnte ich nichts erwidern. Es war nur verständlich, dass Octocat sich bei all dem Wirbel um meine Herkunft auch über seine eigene Familie Gedanken machte.

„Okay", sagte ich und nickte bekräftigend. „Ich werde dir helfen."

„Zwing mich nicht, meine ..." Abrupt hielt er inne. „Warte, du willst mir helfen? Echt jetzt?"

„Echt jetzt", bestätigte ich mit einem breiten Lächeln.

„Oh, okay, ja dann. Ich danke dir." Er wandte sich wieder seinem Hummerbrötchen zu und schlang den nächsten Bissen so schnell herunter, dass ich befürchtete, er könnte daran ersticken.

Just in diesem Moment kam ein gewisser Waschbär die Verandastufen hinaufgehüpft und schnappte sich mit seinen kleinen, schwarzen Fingern gierig das restliche Sandwich.

Octocat fauchte drohend und holte zum Schlag aus, aber Pringle hatte es bereits geschafft, das Geländer hochzuklettern und sich vor dem wütenden Kater in Sicherheit zu bringen.

„Für mich?", krähte der Waschbär. „Ach, Angie, das wäre doch nicht nötig gewesen."

„Das ist nicht für dich!", kreischte Octocat mit wild peitschendem Schwanz.

Pringle stopfte sich das ganze restliche Brötchen in den Mund, sodass er riesige Hamsterbacken bekam, dann schluckte er es hinunter und leckte demonstrativ jede seiner Fingerspitzen einzeln ab.

„Ich hasse dich", murmelte mein Tiger, bevor er durch die Haustierklappe zurück ins Haus rannte.

Ich stieß einen tiefen Seufzer aus. „Warum musst du ihn immer so ärgern?"

„Dieser Kater konnte mich noch nie leiden. Ich schätze, er hat eine Geschmacksverirrung. Obwohl das Hummerbrötchen köstlich war. Noch besser geschmeckt hätte es mir jedoch ohne Katzensabber darauf." Pringle kicherte vor sich hin, dann kletterte er vom Geländer herunter und setzte sich neben mich. „Wann legen wir denn mit unserem nächsten Fall los?"

Ich seufzte erneut – irgendwie passierte mir das laufend in Gegenwart des Waschbären. „Sobald uns jemand engagiert."

„Hey, keinen Auftrag zu haben, hat dich doch noch nie abgehalten. Du bist schon in so viele Fälle einfach zufällig hineingestolpert. Lass uns einen netten Spaziergang durch die Stadt machen, mal sehen, ob wir irgendetwas Spannendes entdecken, irgendwo wird es ja wohl Ärger geben."

Ich starrte ihn einen Moment lang an, aber Pringle hatte offenbar keinen Schimmer, warum ich das für keine gute Idee hielt. Also versuchte ich, es ihm zu erklären: „Wenn ich am helllichten Tag mit einem Waschbären an meiner Seite mitten durch die Fußgängerzone marschiere, wird es definitiv Ärger geben. Und zwar keinen, der uns beiden Spaß machen würde. Außerdem will ich im Moment vielleicht gar keinen neuen Fall. Ehrlich gesagt, könnte ich eine Pause gebrauchen."

„Na schön, aber ich werde hier bald noch verrückt vor Langeweile. Ich sehe mir nun schon zum zweiten Mal alle vierzig Staffeln von Survivor an, und damit bin ich fast durch. Was soll ich denn danach bitte machen?"

„Schau sie dir ein drittes Mal an?", schlug ich achselzuckend vor.

Ihm fiel die Kinnlade herunter, als hätte ich ihm gerade den schockierendsten und beleidigendsten Vorschlag aller Zeiten gemacht. Doch bevor er etwas erwidern konnte, bog ein Auto in unsere lange Einfahrt ein und näherte sich dem Haus.

Pringle hoppelte davon, um sich zu verstecken, denn so sehr er es auch mochte, in unserer Nähe zu

sein und Grandma und mir auf der Nase herumzu-
tanzen, war er doch immer noch misstrauisch gegenüber anderen Menschen. Hätte er nur ein paar
Sekunden abgewartet, hätte er jedoch gesehen, dass
da jemand kam, dem er vertrauen konnte und mit
dem zusammen er sogar kürzlich einen abenteuerli-
chen Fall aufgeklärt hatte, während sich der Rest von
uns auf Reisen befand.

„Hi, Charles", begrüßte ich meinen Freund, als er
aus dem Wagen stieg. Er trug ein sportlich-schickes
Businesshemd, dessen Ärmel er bis zu den Ellbogen
hochgekrempelt hatte, dazu eine Anzughose; Jackett
und Krawatte hatte er offenbar schon abgelegt.

„Bist du bereit?", fragte er, wartete an der Autotür
und beäugte mich misstrauisch.

Ich stand auf und klopfte mir die Krümel ab, die
auf meinem Schoß gelandet waren, während Octocat
und Pringle sich um das Hummerbrötchen stritten.

„Angiiiie", stieß Charles hervor. „Sag bloß nicht,
du hast es vergessen!"

Irgendwie schien „Was vergessen?" keine gute
Antwort zu sein, also lächelte ich nur und klimperte
mit den Wimpern.

„Den Film", erinnerte er mich. „Es war deine
Idee, dass wir ihn uns heute Abend ansehen."

„Oh! Oh, sorry, stimmt ja. Tut mir echt leid,

Charles." Ich sprang auf. „Ich war einfach so ..." Hm, wie sollte ich das beschreiben? Beschäftigt war nicht das richtige Wort, es gab nur viel, das mich beschäftigte. „Es war alles ein bisschen viel für mich in letzter Zeit. Gib mir fünf Minuten, ich muss mir nur kurz die Haare richten, dann können wir gehen."

Er schüttelte den Kopf, und noch bevor ich ins Haus schlüpfen konnte, kam er die Verandatreppe hinaufgetrabt und nahm mich in den Arm. „Lass uns heute Abend einfach hierbleiben", sagte er und drückte mir einen zärtlichen Kuss auf die Stirn. Da wurde mir mal wieder bewusst, warum ich diesen Mann so verdammt lieb hatte.

Gedankenverloren blickte ich zu ihm auf. „Macht dir das wirklich nichts aus?"

„Ach Quatsch, nein." Er zog mich an seine Brust und hielt mich fest. „Solange ich Zeit mit dir verbringen kann, ist mir alles andere egal. Wie wäre es, wenn du entscheidest, was du heute Abend machen willst, und ich überlege mir etwas fürs nächste Mal."

Er drückte mich an sich, und wir küssten uns hingebungsvoll, wurden jedoch unterbrochen, als die Haustierklappe hinter uns schepperte und Octocat rief: „Pfui, bah! Du weißt, dass ich es hasse, wenn ihr euch in meiner Gegenwart abschleckt."

Ich lachte und knutschte Charles erneut. Mein Kater würde einfach damit klarkommen müssen.

3

An diesem Abend sahen wir uns letztendlich einen Film auf dem Disney-Kanal an, der genau die richtige Mischung aus heiler Welt und Humor enthielt, um meine trüben Gedanken zu verscheuchen – und um mich früh einschlafen zu lassen.

Am nächsten Morgen nahm ich nach dem Aufstehen eine kurze Dusche, in der Hoffnung, danach hellwach und erfrischt in den Tag starten zu können. Leider klappte das nicht so richtig.

Also zog ich meinen Lieblingsbademantel an und schlurfte in die Küche, wo Grandma gerade an der Spüle stand und ein paar gemischte Beeren in einem Sieb abspülte.

„Guten Morgen, du Schlafmütze", rief sie fröhlich. „Dir ist schon bewusst, dass es bereits nach zehn ist, oder?"

„Tut mir leid", erwiderte ich gähnend. „Ich weiß nicht warum, aber ich bin in letzter Zeit immer so was von platt."

Grandma war mit den Beeren fertig und trocknete sich die Hände ab. „Im Kühlschrank ist ein Vanillejoghurt und im Schrank steht Müsli, falls du einen Energieschub brauchst."

„Im Moment brauche ich nur Kaffee", murmelte ich, holte die French Press aus der Spülmaschine und befüllte den Wasserkocher. Die Stempelkanne war mein jüngstes Experiment, meinen Koffeindurst zu stillen, ohne auf eine elektrische Kaffeemaschine angewiesen zu sein. Es kostete zwar etwas mehr Arbeit, aber inzwischen bevorzugte ich dieses Verfahren, denn mein Lieblingsgetränk schmeckte so noch aromatischer.

„Hast du heute etwas Schönes vor?", fragte ich, während ich darauf wartete, dass das Wasser heiß wurde.

Grandma steckte sich eine besonders große Himbeere in den Mund und seufzte genüsslich auf. „Grant und ich werden mit der Fähre nach Caraway Island fahren und einen Schaufensterbummel machen."

Warum waren ältere Leutchen bloß so scharf darauf, sich Geschäfte von außen anzuschauen? Machte das wirklich Spaß? Als Einkaufsbummel konnte man das ja nicht bezeichnen. Auch wenn ich ziemlich sparsam mit meinem Geld umging, war mir der Reiz dieses Zeitvertreibs bislang ein Rätsel geblieben.

„Klingt nach einem entspannten Tag", sagte ich und zwang mich zu einem schiefen Lächeln.

„Ach, hör auf, es ist grottenlangweilig, und das weißt du auch." Sie zwinkerte mir zu, und wir kicherten beide.

„Warum macht ihr es dann?"

„So läuft das eben manchmal in der Liebe, mein Schatz. An einem Tag stimme ich dem zu, was Grant gerne unternehmen möchte, weil ich weiß, dass er sich am nächsten Tag auf meine Pläne einlassen wird."

Meine Großmutter und Mr. Gable, der Besitzer des örtlichen Juweliergeschäfts und darüber hinaus Leiter des Komitees für den Handel in der Innenstadt, waren seit Anfang des Jahres zusammen und gaben ein absolut süßes Paar ab.

Sogar Grandmas Chihuahua Paisley und Grants Kaninchen Nini waren inzwischen dicke Freunde geworden. Zwar hatte das verschüchterte Mümmelchen anfänglich eine Riesenangst vor ihr gehabt, doch selbst sie erkannte schon bald, dass das kleine Hundchen keiner Seele etwas zuleide tun würde. Octocat hingegen bekam bei Ninis Anblick regelmäßig Appetit auf Kanincheneintopf.

„So etwas Ähnliches hat Charles gestern Abend auch gesagt", murmelte ich und suchte im Schrank nach einem passenden Kaffeebecher. Nennt mich abergläubisch, aber ich war der festen Überzeugung, dass die Wahl der Tasse den ganzen Tag beeinflussen konnte. Die mit der Aufschrift „Meisterdetektivin", die Charles mir zum Valentinstag geschenkt hatte, ließ ich stehen und entschied mich stattdessen für ein fröhlich-buntes Exemplar, das mit einer meiner liebsten Buchheldinnen und einigen ihrer flotten Sprüche bedruckt war. Jedes Mal, wenn ich diese Tasse benutzte, fühlte ich mich dazu inspiriert, auch mal ein wenig aufmüpfig zu sein. Und das brachte mich immer zum Lächeln.

Genüsslich nahm ich den ersten Schluck des herrlichen Gebräus, als es an der Haustür klopfte. Ich drehte mich zu Grandma um, aber sie zuckte nur mit den Schultern und hantierte geschäftig mit den Beeren herum.

Also latschte ich in meinem ollen Bademantel,

mit strubbeligem Haar und weiterhin völlig unzureichendem Koffeinspiegel zur Tür und öffnete sie.

Vor mir stand Charles in khakifarbenen Cargo-Shorts und einem taillierten T-Shirt, die Sonnenbrille ins Haar geschoben. Ehrlich gesagt erkannte ich ihn kaum wieder, weil ich ihn sonst fast immer nur in einem seiner schicken Anzüge sah.

Er zog die Augenbrauen zusammen und warf einen Blick über meine Schulter. „Hast du es ihr noch nicht gesagt?", rief er.

„Nein", antwortete Grandma, die plötzlich hinter mir stand. „Du wolltest doch, dass es eine Überraschung wird. Ich gehe rasch ihre Tasche holen."

„Was ist hier los?", fragte ich, drehte mich um und ließ meinen Blick zwischen den beiden hin und her wandern, in der Hoffnung auf eine Erklärung.

Großmutter huschte davon und hob dabei eine Hand über die Schulter. Also drehte ich mich wieder zu Charles um, der mich mit großen Augen und einem breiten Lächeln betrachtete. „Ich habe eine Überraschung für dich, wir machen einen Ausflug", verkündete er, ergriff meine Hände und drückte sie fest.

„Aber ich war doch gerade erst eine Woche unterwegs", erwiderte ich stirnrunzelnd. Ich wollte nun wirklich keine Spaßbremse sein, allerdings war meine letzte Reise alles andere als erholsam gewesen. Wir waren quer durchs Land gefahren, hatten auf halber Strecke einen Autounfall gehabt, und zu allem Übel musste ich auch noch herausfinden, dass Grandma mein größtes Geheimnis an diverse Leute ausgeplaudert hatte. Seit diesem Trip war ich völlig ausgelaugt.

„Ja, aber nicht mit mir. Wir starten jetzt in ein langes, chilliges Wochenende, nur du und ich", erklärte er, bevor er mir zuflüsterte: „Ohne irgendwelche Vierbeiner."

Letzteres ließ mich verzückt aufseufzen. Natürlich liebte ich meine Tiere über alles, konnte mich in ihrer Gegenwart aber nie ganz entspannen, da ich stets auf der Hut sein musste, mein Geheimnis nicht vor den falschen Leuten zu enthüllen. Und obwohl die Fellnasen genau wussten, dass ich in Anwesenheit von Fremden nicht mit ihnen sprechen konnte, hielt sie das nicht davon ab, weiterzuplappern und in meinem Kopf ein ständiges Hintergrundrauschen zu verursachen. Am schlimmsten war es, wenn ich versuchen musste, zwei verschiedenen Gesprächen gleichzeitig zu folgen. Das ermüdete mich derart, dass ich nicht mehr klar denken konnte. Da könnte ein Wochenendausflug tatsächlich genau das Richtige sein, um mal zur Ruhe zu kommen.

Wenig später tauchte Grandma wieder auf, mit einem kleinen Rollkoffer im Schlepptau. „Alles gepackt, ihr seid gleich startklar. Ich brauche nur noch fünf Minuten für den Picknickkorb." Sie stellte das Gepäck bei uns ab und eilte zurück in die Küche.

„Wohin fahren wir denn?", fragte ich und merkte, dass ich nun doch ein wenig aufgeregt war.

Charles presste die Lippen fest zusammen und schüttelte den Kopf. „Das ist eine Überraschung."

„Aber wir werden ein Picknick machen?" Ich legte den Kopf schief und versuchte, seinem Gesichtsausdruck einen Hinweis zu entnehmen. „Heißt das, wir gehen wandern oder so?"

Er fuhr sich mit einer Reißverschlussgeste über den Mund. „Verrate ich nicht. Wart's ab!"

Ich hob eine Augenbraue. „Was ist mit deiner Arbeit?"

„Die Kanzlei kann einen Tag lang ohne mich auskommen. Ich habe mir noch nie Urlaub genommen, nicht einmal für vierundzwanzig Stunden. Es war an der Zeit. Und außerdem war ich vielleicht schon heute früh im Büro, um noch ein paar Dinge zu erledigen, bevor ich mich hierher auf den Weg gemacht habe."

„Ah-ha. Wusste ich's doch!"

Charles lachte. „Ich glaube, eine kleine Auszeit können wir beide gut gebrauchen, oder?"

Grandma kehrte mit einem hübschen Weidenkorb in der Hand zurück und reichte ihn Charles.

„Danke", sagte er mit einem freundlichen Lächeln. „Und du bist sicher, dass du dich um Jacques und Jillianne kümmern kannst, während wir weg sind?"

Die beiden Sphynx-Katzen hatte er letztes Jahr von meiner ehemaligen Nachbarin übernommen, nachdem diese überraschend verstorben war. Mich behandelten sie weiterhin ziemlich von oben herab, und ich bezweifelte, dass sie mit Großmutter warm werden würden. Trotzdem war Charles vernarrt in seine beiden haarlosen Babys.

Grandma nickte energisch und schob uns in Richtung Tür. „Ich habe alles im Griff. Paisley und ich werden ihnen heute am Spätnachmittag einen Besuch abstatten. Und jetzt verschwindet von hier. Erholt euch ein bisschen. Ihr habt es beide bitter nötig!"

Tja, da musste ich ihr wohl recht geben. Ich hoffte nur, dass das, was Charles für uns geplant hatte, wirklich so entspannend sein würde wie versprochen.

Und dass Octocat nicht allzu böse auf mich sein würde, weil ich ihn dieses Wochenende allein ließ.

4

Draußen, ein Stück die Einfahrt runter, stand ein großes, weißes Fahrzeug.

„Überraschung!", rief Charles, der mit dem Koffer und dem Picknickkorb vor mir herlief.

Ich keuchte erstaunt auf, blieb stehen und blinzelte zweimal, um sicherzugehen, dass meine Augen mich nicht täuschten. „Du hast ein Wohnmobil gekauft?"

Er drehte sich um und lächelte mich kurz an, bevor er weiterging. „Nein, natürlich nicht. Es gibt da so eine neue App, eine Mischung aus Airbnb und Uber, könnte man sagen, über die man solche Dinger mieten kann. Ich habe es von jemandem hier aus der Gegend, aus Cooper's Cove. Bis Montag können wir damit herumgondeln. Deine Großmutter hat sich

auch schon bereit erklärt, es für mich zurückzu-
bringen.“

Ich joggte los und schloss zu ihm auf. „Du wirst
Grandma auf keinen Fall damit fahren lassen. Diese
Frau fährt wie eine Irre, und das weißt du auch.“

Charles lachte nur und öffnete mir die Beifahrer-
tür. „Hüpf rein. Wir werden etwa drei Stunden bis zu
unserem Ziel brauchen, also keine halbe Weltreise.“

„Hüpf rein?“, entgegnete ich. „Ich habe zufällig
nur meinen schäbigen Bademantel an. Ich gehe
nirgendwo hin, bevor ich mich nicht umgezogen
habe.“

„Deshalb habe ich Grandma ja gebeten, dir eine
Tasche zu packen. Du kannst dich auf dem Weg
umziehen.“

„War für ein Unsinn. Wir sind doch noch hier. Ich
flitze jetzt rein, schlüpfe rasch in vernünftige Klamotten, und dann können wir los.“

Bevor er mich ins Wohnmobil schieben konnte,
drehte ich mich um, eilte auf die Veranda und zog an
der Tür. Verriegelt.

„Echt jetzt, Grandma?“, rief ich, während ich
versuchte, durch die Buntglasscheiben neben der Tür
ins Innere zu spähen. „Du schickst mich nur im
Bademantel bekleidet auf große Fahrt?“

„Keine Sorge, ich habe dir etwas Schönes eingepackt", hörte ich sie rufen.

Offensichtlich war dies Teil des Plans, den sie mit Charles ausgeheckt hatte, und ich konnte nichts tun, um aus der Nummer herauszukommen. Seufzend wickelte ich den Bademantel noch enger um mich und ging zurück zum Wohnmobil.

Dort angekommen, kletterte ich auf den Beifahrersitz, während Charles hinten im Wohnbereich rumorte, wo er anscheinend gerade meinen Koffer und den Picknickkorb verstaute. Anstatt mich anzuschnallen, zog ich an dem Hebel, mit dem man den Sitz herumdrehen konnte, um unser Mini-Hotel auf Rädern in Augenschein zu nehmen. Da gab es eine Küchenzeile mit Linoleumboden, die über eine Spüle, drei Kochfelder und einen kleinen Kühlschrank verfügte. Gegenüber befand sich eine gemütlich aussehende Sitzecke mit Tisch, und weiter hinten konnte ich einen Schlafbereich mit dunklen Vorhängen und einem Kingsize-Bett erahnen. Okay, vielleicht nicht ganz so riesig, aber auf jeden Fall wirkte es relativ geräumig und gemütlich.

Charles schwang sich auf den Fahrersitz. „Hinten gibt es auch ein kleines Bad mit Toilette, und wir haben genug zu essen für das Wochenende an Bord."

„Du scheinst an alles gedacht zu haben", sagte ich, während ich meinen Sitz wieder nach vorne drehte und mich anschnallte.

„Grandma und ich haben diesen Trip spontan gestern Abend gemeinsam geplant, während du auf der Couch geschlummert hast", erklärte er mir mit einem verlegenen Grinsen.

„Warum hast du es mir nicht gesagt, dann hätte ich doch ..."

„... bestimmt einen Grund gefunden, das Ganze abzublasen", unterbrach er mich. Das stimmte wahrscheinlich sogar, und so ließ ich die Sache auf sich beruhen.

„Na schön, aber bist du sicher, dass Grandma mir vernünftige Anziehsachen mitgegeben hat? Ich würde es ihr durchaus zutrauen, dass sie nur Abendkleider oder Schlafanzughosen und irgendwelche Seidenblusen oder nur alte Halloween-Kostüme in den Koffer gepackt hat."

Ein erschrockener Ausdruck huschte über Charles' Gesicht, aber dann schüttelte er den Kopf und setzte wieder sein charmantestes Lächeln auf. „Nein, sie wusste doch, wo es hingeht."

„Seit wann spielt das für meine Großmutter eine Rolle?", fragte ich und konnte ein nervöses Lachen nicht unterdrücken, während er den Schlüssel im Zündschloss umdrehte und das Wohnmobil langsam die Einfahrt hinuntersteuerte.

„Nicht zu wissen, was einen erwartet, macht die Sache doch gerade spannend, oder?" Er hielt an und warf mir einen kurzen Blick zu, bevor er vorsichtig auf die Hauptstraße abbog.

„Oh, ich weiß genau, was mich erwartet", erwiderte ich. „Ein komplettes Chaos, darauf würde ich wetten. Du hättest mir wenigstens die Zeit geben können, etwas Anständiges anzuziehen, bevor wir losgefahren sind. Ich komme mir blöd vor in diesem Bademantel."

Charles klopfte auf die Uhr an seinem Handgelenk, wandte den Blick jedoch nicht von der Straße ab. „Du, wir haben einen straffen Zeitplan einzuhalten."

Ich neigte den Kopf zur Seite und dachte darüber nach. „Aber sagtest du nicht, an diesem Wochenende ginge es nur um Entspannung?"

„Ja, genau. Im Rahmen unseres Zeitplans. Außerdem habe ich mir für später etwas Besonderes überlegt."

„Ich nehme nicht an, dass du mir verrätst, was das ist?"

„Ach Mensch, Süße, warum lässt du dich nicht

mal von mir überraschen? Ich bin schließlich dein Freund und finde es gerade schön, dich hin und wieder zu verwöhnen, wenn du es am wenigsten erwartest."

„Entschuldigung, aber wie du weißt, stehen bei mir Morde, Entführungen und Diebstähle quasi auf der Tagesordnung. Wie könnte ich da jemals etwas ganz locker auf mich zukommen lassen?", gab ich zurück und biss mir auf die Unterlippe, weil mich erneut die schlimmsten Befürchtungen beschlichen.

Entweder bemerkte Charles meine Verunsicherung nicht oder er ging darüber hinweg. „Und genau deshalb brauchen wir dieses Wochenende", sagte er. „Jetzt lehn dich zurück und mach dich mal locker. Hier, das sollte helfen."

Er schloss sein Telefon mit einem USB-Kabel an das Autoradio an und schaltete es ein. Sogleich ertönten beschwingte Schlagzeugklänge und ein unverkennbarer Reggae-Sound. Ich konnte nicht anders, als die Augen zu verdrehen.

„Bob Marley?", fragte ich lachend.

„Das ist dein persönlicher ‚Don't worry, be happy'-Mix. Und der musste einfach mit dem Titel ‚Jamming' beginnen. Mal im Ernst, jetzt hör bitte auf, dir Sorgen zu machen, und sei einfach happy." Er war mal wieder so süß, dass ich ihn am liebsten geknutscht hätte, aber ich wollte ihn nicht vom Fahren ablenken.

„Und ich nehme an, bei diesem Musikmix hat dir Grandma auch geholfen?"

„Sagen wir mal so: Auf *meiner* Playlist hätte wahrscheinlich weniger Sinatra gestanden."

„Okay, aber das muss nicht unbedingt schlecht sein, ich mag Sinatra", sagte ich und hielt mir die Hand vor den Mund, um ein Gähnen zu verbergen.

„Siehst du, dein Körper will sich entspannen. Lass deinen Geist folgen", raunte Charles mit einer entrückten Stimme, die mich an die komischen Leute im Massagesalon in Dewdrop Springs erinnerte.

„Ja, ich bin schrecklich müde", sagte ich, schloss die Augen und hing der Erinnerung an eine Partnermassage mit Charles nach. Dann musste ich für eine Weile eingenickt sein und kam erst wieder zu mir, als es im hinteren Teil des Wohnmobils lautstark krachte.

„Was war das?" Erschrocken wollte ich aufspringen, doch der Sicherheitsgurt hielt mich zurück und zurrte sich über meiner Brust fest. Ich brauchte einen Moment, bis ich wieder wusste, wo ich war und warum.

„Wir sind fast da, aber ich fahre an der nächsten

Ausfahrt raus, damit wir checken können, was da so gescheppert hat", beruhigte mich Charles neben mir.

Ich schüttelte den Kopf. „Nein, du brauchst nicht rauszufahren. Ich gehe mal schnell nachschauen."

Bevor er etwas einwenden konnte, hatte ich mich bereits abgeschnallt und war nach hinten geschlüpft. Da stand ich nun auf wackligen Füßen im Gang, wobei ich mich mit beiden Händen abstützen musste, um das Gleichgewicht zu halten. Ich brauchte einen Moment, um festzustellen, wo der Lärm herge-kommen war, denn zunächst sah alles noch genauso aus wie kurz vor unserer Abfahrt.

Vorsichtig bahnte ich mir meinen Weg an der Küche und der Sitzecke vorbei zur Schlafnische, konnte dort aber nichts Ungewöhnliches feststellen.

Schließlich öffnete ich die Tür zu dem winzigen Badezimmer und entdeckte genau das, womit ich eigentlich gerechnet hatte. Verschiedene Toilettenar-tikel lagen auf dem Boden, und der Duschkopf hatte sich aus seiner Halterung gelöst und baumelte herunter.

„Alles in Ordnung da hinten?", wollte Charles wissen.

„Ja, alles gut. Im Bad sind nur ein paar Sachen runtergefallen", brüllte ich zurück.

„Autsch, meine Ohren", quäkte eine vertraute

Stimme, die ich in diesem Moment nicht erwartet hatte.

Ich blickte hinab und entdeckte Pringle, der in der Ecke neben dem WC auf dem Boden kauerte. „Pringle, was machst du denn hier?", rief ich ungläubig aus. Er war wirklich der Allerletzte, den ich an meinem entspannten Wochenende mit dabei haben wollte.

„Wir haben uns hier versteckt", verkündete der Waschbär grinsend.

Vor Entsetzen wurde mir ganz flau in der Magengegend. „Wir?"

„Warum habt ihr uns nicht früher hier rausgelassen? Es ist überhaupt nicht gemütlich in dieser Nasszelle", jammerte Octocat und kam aus dem schmalen Schrank unter dem Waschbecken hervor.

Empört starrte ich ihn an. „Sag mal, geht's noch? Du hast gerade wirklich kein Recht, sauer auf mich zu sein. Ihr habt hier nichts verloren!"

„Wir hielten es für ein Versehen, dass ihr uns nicht eingeladen habt mitzukommen, also haben wir uns selbst eingeladen", informierte mich der dreiste Waschbär in einem sachlichen Ton.

Ich spürte, wie mein Herz pochte und mein Blut in Wallung geriet. „Wie bitte?", fauchte ich ihn mit zusammengebissenen Zähnen an.

Pringle zeigte zur Decke und lenkte meinen Blick auf ein kleines Fenster, das offen stand und das die beiden unverschämten Viecher offenbar genutzt hatten, um hineinzuklettern.

„Charles", rief ich verzweifelt, während ich immer noch auf die geöffnete Luke über mir starrte. „Wir haben hier hinten doch ein kleines Problem!"

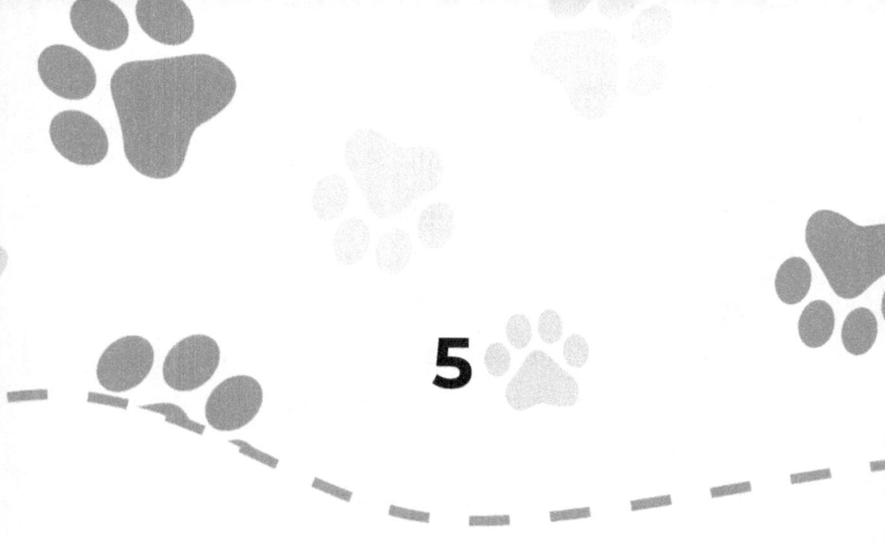

5

Als Charles und ich unsere beiden blinden Passagiere entdeckten, waren wir weniger als eine halbe Stunde von unserem Ziel entfernt, was uns in eine ziemliche Zwickmühle brachte.

„Natürlich müssen wir sie zurückbringen", versuchte ich zu argumentieren.

Er jedoch bestand darauf, dass wir uns an den Zeitplan hielten, den er bereits ausbaldowert hatte, was bedeutete, dass wir uns keine fünfstündige Verspätung erlauben konnten, indem wir nach Hause zurückfuhren, um Pringle und Octocat abzusetzen.

„Es wird schon gut gehen", versuchte er mich zu beruhigen, obwohl ich merkte, dass auch er über diese besondere Wendung der Ereignisse nicht glücklich war. „Sie können im Wohnmobil bleiben, während wir etwas unternehmen", fügte er hinzu und drehte die Musik von unserer ‚Don't worry, be happy'-Playlist lauter. Ehrlich gesagt, war ich gerade nicht so happy, und es gab einiges, das mich sehr beunruhigte, aber es hatte keinen Sinn, weiter darauf herumzukauen. Am besten, ich folgte Charles' Beispiel, schob die Sorgen beiseite und gab mein Bestes, mich zu amüsieren.

Ich lauschte der Musik, und nach nur wenigen Songs rollten wir auf einen kleinen Campingplatz am Fuße des Mount Katahdin, der in einem großen Naturpark lag.

„Wir sind da!", rief Charles und steuerte auf einen freien Stellplatz zu. Natürlich hatte ich schon vor einer Weile erkannt, wo er hinwollte, es mir jedoch nicht anmerken lassen, weil ich wusste, dass er mich damit überraschen wollte.

„Mount Katahdin, die höchste Erhebung im Bundesstaat Maine. Es soll hier wirklich schön sein", fuhr er fort. „Der perfekte Ort, um abzuschalten. Ich dachte, wir machen als Erstes einen Spaziergang! Mount Kathahdin bedeutet übrigens in der Sprache der Ureinwohner so viel wie ‚Großer Berg'."

Einen Berg zu erklimmen, war definitiv nicht das, was ich mir unter Erholung vorstellte, aber wenigstens konnte ich sicher sein, dass unsere beiden faulen Fellnasen nicht versuchen würden, uns dorthinauf zu folgen.

Charles beugte sich vor, um mir einen Kuss auf die Wange zu geben. „Du ziehst dich um, und ich melde uns bei der Leiterin des Campingplatzes an, damit sie weiß, dass wir da sind." Er öffnete die Fahrertür und schwang sich behände aus dem Wagen, während ich nun die wenig beneidenswerte Aufgabe hatte, in dem von meiner verrückten Großmutter zusammengestellten Reisegepäck nach angemessener Kleidung zu suchen.

Ich schlenderte nach hinten und kletterte auf das komfortable Bett, wo mein Koffer auf mich wartete. Rechts und links davon lagen Octocat und Pringle lang ausgestreckt und dösten vor sich hin, als ob sie sich um nichts in der Welt kümmern müssten.

Ich klatschte so laut wie möglich in die Hände und schreckte damit beide auf. „Husch, husch, raus hier!", rief ich, als sie die Köpfe hoben und mich irritiert ansahen.

„Geh weg, du störst uns bei unserem Nickerchen", brummte mein Kater.

„Und ihr stört mich bei meinem Urlaub", feuerte ich zurück.

„Mensch, muss das sein?", stöhnte Pringle,

während Octocat aufstand und sich mehrfach im Kreis drehte, bevor er sich erneut niederließ.

Ich hatte mich schon hunderte Male vor meiner Katze umgezogen, aber ich fühlte mich nicht wohl dabei, den Waschbären dabei direkt vor meiner Nase zu haben. Das mit der Privatsphäre war eine heikle Angelegenheit, wenn man ein paar sprechende Tiere um sich hatte. Natürlich hatten sie einen anderen Blick auf die Dinge als wir Menschen, aber Pringle war ein guter Beobachter. Wenn er irgendetwas an mir entdeckte, etwa ein seltsames Muttermal, dann würde er das nicht vergessen und mich immer damit aufziehen. Und ich war nicht bereit, ihm diese Art von Macht über mich zuzugestehen.

„Raus", wiederholte ich und stampfte mit dem Fuß auf, um meiner Forderung Nachdruck zu verleihen. Als Pringle sich weiterhin nicht rührte, zog ich den Bademantel aus und warf ihn über ihn. Dann hob ich das Bündel auf, setzte es vor dem Schlafbereich auf den Boden und zog die Schiebetür fest hinter mir zu.

„Dein Schlafanzugober- und unterteil passen nicht zusammen", informierte Octocat mich. Zu allem Überfluss hatte er sich jetzt auch noch auf meinem Koffer breitgemacht.

Ich hob ihn hoch und setzte ihn zurück aufs Bett.

Er verzog das Gesicht, aber zumindest konnte ich darauf vertrauen, dass er mich nicht gleich beißen würde, wie er es früher manchmal getan hatte.

Ich atmete tief durch, öffnete den Koffer und machte mich auf das Schlimmste gefasst. Wahrscheinlich hatte sich Grandma irgendwelche Klamotten herausgeangelt, die ich schon lange in die hinterste Ecke meines Kleiderschranks verbannt hatte. Allerdings hatte ich nicht damit gerechnet, dass der Koffer mit Outfits gefüllt sein würde, die nicht einmal mir gehörten.

Rasch zückte ich meine Handykamera und schickte Grandma das Bild mit dem Untertitel: „Erklär mir das bitte!"

Ein paar Sekunden später klingelte mein Telefon, und sogleich plapperte sie los: „Es sollte eine Überraschung sein, und du warst die ganze Zeit in deinem Zimmer, bis Charles kam. Ich hatte keine andere Möglichkeit, also habe ich das Beste daraus gemacht."

„Dir ist schon klar, dass wir nicht dieselbe Größe tragen, ja?", sagte ich und beäugte die Kleidungsstücke misstrauisch.

„Deshalb habe ich stretchige Sachen ausgesucht. Entspann dich, du wirst fabelhaft darin aussehen!"

Ich stieß einen langen Seufzer aus. Langsam hatte ich es satt, dass mir jeder sagte, ich solle mich entspannen. „Okay. Übrigens, Octocat ist bei uns. Lange Geschichte. Erzähl ich dir ein andermal. Keine Zeit jetzt", murmelte ich, bevor ich den Anruf beendete.

Nachdem ich alles durchwühlt hatte, stellte ich fest, dass mir nur zwei Möglichkeiten blieben: Entweder, ich quetschte mich in eines der langen, figurbetonten Kleider, die sie mir mitgegeben hatte, oder ich zog ihren pinken Trainingsanzug an, was jedoch bedeutete, dass ich mit dem Wort KNACKIG auf dem Popo herumrennen musste.

„Verdammt, das ist doch zum Mäusemelken", stöhnte ich, während ich wieder und wieder versuchte zu entscheiden, welche meiner Optionen das kleinere Übel darstellte.

„Könntest du damit warten, bis ich mit meinem Nickerchen fertig bin", brummte mein Kater daraufhin wenig hilfreich.

Am Ende entschied ich mich für den Jogginganzug, wobei ich mein Pyjamaoberteil anbehielt und mir die Trainingsjacke um die Taille band, um den Schriftzug über dem Hintern zu verstecken.

Ich hatte mir gerade die Haare zu einem hohen Pferdeschwanz gebunden, als Charles an die Tür klopfte. „Bereit für unseren Ausflug?", rief er.

„Jep, bin bereit." Ich öffnete und ließ ihn herein, und er reichte mir grinsend eine Flasche Wasser.

„Gut siehst du aus." Er zwinkerte mir zu und bedeutete mir vorzugehen.

Ich trat hinaus in die helle Sonne und wünschte, ich wäre zuhause so vorausschauend gewesen, mir auf dem Weg nach draußen meine Sonnenbrille zu schnappen. Aber da war ich praktisch noch im Halbschlaf, und richtig wach war ich jetzt immer noch nicht.

Charles stieg nach mir aus dem Wohnmobil aus, den Picknickkorb über dem Arm.

„Wäre ein Rucksack nicht praktischer?", fragte ich und deutete auf sein unhandliches Gepäck.

„Wir haben es nicht weit. Es ist nur ein kurzer Spaziergang zu einer hübschen Lichtung mit Blick auf den See." Er schloss die Tür ab und steckte die Schlüssel in seine Tasche. „Oder hattest du etwa geglaubt, dass ich an deinem großen Entspannungstag sportliche Höchstleistungen von dir erwarte? Also ehrlich, Angie, ich kenne dich doch."

Ich lächelte, lehnte mich an ihn, und er legte einen Arm um meine Schultern.

Vielleicht würde es doch kein Horrortrip werden, wie ich kurzzeitig befürchtet hatte.

6

Charles und ich gingen Hand in Hand zu dem von ihm angepeilten Picknickplatz, und er hatte nicht zu viel versprochen – es war ein wirklich zauberhaftes Fleckchen.

Allerdings war dieses Wochenende auch das erste nach einem langen, harten Winter, an dem das schöne Wetter zu Aktivitäten im Freien einlud, weshalb sich schon eine ganze Reihe Ausflügler dort tummelten. Tatsächlich waren sämtliche der rustikalen Holztische bereits besetzt.

„Komm", sagte Charles und zog mich mit sich. „Wir suchen uns ein ruhigeres Plätzchen, hier ist mir zu viel Gewühl."

Zum Glück war meine miese Laune bereits wie weggeblasen, dank der frischen Luft und der malerischen Landschaft. Während wir weitergingen, warf ich mehrfach einen Blick über die Schulter, um sicherzugehen, dass sich uns keine ungebetenen Tiere angeschlossen hatten, und jedes Mal, wenn ich niemanden entdeckte, lächelte ich noch ein bisschen mehr.

Dankbar dachte ich, was ich doch für einen wunderbaren Freund hatte, der einen spontanen Kurzurlaub für mich geplant hatte, weil er wusste, dass ich eine Auszeit brauchte. Was war ich doch für ein Glückspilz!

Wir liefen noch fünf Minuten weiter, bis wir an eine riesige Weißesche kamen, an deren Fuß wir uns niederließen, und ich war mehr als bereit für eine Pause und eine Stärkung. An diesem Morgen hatte ich nur eine halbe Tasse Kaffee getrunken, bevor unser großes Abenteuer begann, und ich freute mich auf das fürstliche Picknick, das Grandma mit Sicherheit für uns vorbereitet hatte. So schrecklich sie auch darin sein mochte, Klamotten für mich auszusuchen, ihre Kochkünste übertreffen alles.

„Mal sehen, was wir hier haben", sagte Charles und rieb sich die Hände, bevor er den Deckel des Korbes anhob. Darauf folgte ein gellendes Kreischen, das uns entsetzt einen Satz rückwärts machen ließ.

„Was war das?", rief ich entgeistert.

Charles antwortete nicht, sondern deutete nur mit zittrigen Fingern auf das Innere des Korbes.

Okay. Ich schluckte und rutschte auf Knien an das Objekt des Anstoßes heran, um mir selbst ein Bild zu machen.

Als ich hineinsah, stieß ich eine Reihe von Flüchen aus, die mir rückblickend doch etwas peinlich sind. Ich brauche wohl nicht zu sagen, dass in dem Korb kein leckeres Picknick auf uns wartete. Was ich stattdessen darin vorfand, war ein vollgefressener und sehr zufrieden dreinblickender Waschbär, in dessen Fell überall roter Beerensaft klebte.

„Pringle!", donnerte ich. „Wie konntest du nur?"

Er ließ sich aus dem Korb plumpsen und rollte direkt in mich hinein, wobei er meinen beziehungsweise Grandmas Trainingsanzug mit tiefrotem Saft bespritzte.

Ich seufzte frustriert auf.

Pringle stöhnte und lamentierte dann: „Ich wollte nur kurz probieren, als wir im Wohnmobil waren, aber dann hörte ich Charles kommen, also habe ich mich versteckt. Ich wusste ja nicht, dass er den Korb mit mir darin mitnehmen würde. Und dann seid ihr eine gefühlte Ewigkeit gelaufen, und da ich ein nervöser Esser bin, habe ich den Rest auch noch vertilgt."

„Warum hast du dich nicht bemerkbar gemacht?", schnauzte ich ihn mit hochgezogenen Augenbrauen an.

Er verdrehte die Augen, als ob die ganze Sache meine Schuld wäre und nicht seine. „Hab ich doch gerade."

„Davor, meine ich."

Der Waschbär stöhnte erneut auf und hielt sich den Bauch. „Alles war so lecker. Ich konnte einfach nicht aufhören." Er rollte sich auf die Seite und musterte mich aus dunklen, glitzernden Augen. „Sag mal, meinst du, Grandma macht mir noch einmal so eine Erdbeersahnetorte, wenn wir wieder zu Hause sind? Das war nämlich eines der köstlichsten Dinge, die ich je gegessen habe."

„Ich werde persönlich dafür sorgen, dass sie das *nicht* tut", wetterte ich. Wenigstens war keiner der anderen Ausflügler in der Nähe, der sich über die verrückte Frau, die einen Waschbären anschrie, hätte wundern können.

„Jetzt geh und säubere dich, in einem Bach oder so. Du siehst aus, als hättest du gerade ein Verbrechen begangen", sagte ich mit finsterer Miene, bevor ich die Unterhaltung mit dem kleinen Gangster für Charles wiederholte.

Indessen trottete Pringle davon. Sein ganzes Fell

war mit Beerensaft befleckt, sodass er wie ein blutrünstiger Zombie aussah, was uns beide erschaudern ließ.

„Ist doch nicht so schlimm. Alles wird gut", sagte Charles mit einem Lächeln, das gezwungen wirkte. „Lass uns hier einfach noch ein wenig ausruhen, bevor wir zurückgehen. Und wenn wir wieder im Womo sind, machen wir uns dort etwas zu essen."

„Ja, wenn Octocat nicht schon alles aufgefuttert hat." Ich verschränkte die Arme vor der Brust und runzelte die Stirn. Ich wollte keine Spielverderberin sein, war aber einfach extrem enttäuscht, und ich wusste, dass es Charles genauso ging.

„Wir können das Ruder noch herumreißen", versprach er. „Ab sofort machen wir uns eine schöne Zeit". Er lehnte sich an den dicken Baumstamm, zog mich an seine Brust und wiederholte zum x-ten Mal sein Mantra für dieses Wochenende: „Ich habe einen Plan."

Danach erzählte er mir, was er alles mit mir vorhatte: Lagerfeuer, Schwimmen, Faulenzen im Wohnmobil und einfach nur die Gesellschaft des anderen genießen. „Das Angeln lassen wir allerdings ausfallen. Ich dachte mir, dass das bei deinen Fähigkeiten schnell zum Albtraum für dich werden könnte." Und mit einer albernen, hohen Stimme rief er: „Ah, bitte friss mich nicht!"

Ehrlich gesagt stand ich ohnehin schon sehr kurz davor, Vegetarierin zu werden. Das Einzige, was mich davon abhielt, war, dass alle meine tierischen Freunde auch Fleisch aßen.

„Sollen wir uns aufmachen?", fragte Charles, nachdem wir gut zwanzig Minuten dicht aneinander gekuschelt unter dem Baum gesessen hatten.

Ich streckte die Arme über den Kopf und rekelte mich. „Wir können nicht ohne Pringle gehen. Wer weiß, ob er allein zurückfindet."

Charles zog eine Augenbraue hoch. „Und? Ist das unser Problem?"

Ich schubste ihn spielerisch. „Ich weiß, dass er eine Nervensäge sein kann, aber er gehört nun mal zu uns."

„Du wirst mich nicht mehr als Nervensäge bezeichnen, wenn du erst das Geschenk siehst, das ich dir mitgebracht habe", rief Pringle und kam rückwärts aus dem angrenzenden Gebüsch gekrochen.

Oh-oh. Ein Geschenk von Pringle konnte nichts Gutes bedeuten. Ein silberner Schimmer erregte meine Aufmerksamkeit, und im nächsten Moment erblickte ich einen riesigen, glänzenden Lachs, den er hinter sich herzog.

„Wie hast du den denn ergattert?", fragte ich erstaunt.

Er hielt inne und bedachte uns mit einem breiten Grinsen. „Ich hatte ein schlechtes Gewissen, weil ich euer ganzes Picknick aufgemampft habe, also habe ich euch neues Essen besorgt."

„Und mit ‚besorgt' meinst du …?"

Pringle schleppte den Fisch bis vor unsere Füße, stellte sich dann auf die Hinterbeine und gab zu: „Okay, ich hatte ein wenig Hilfe. Gloria, du kannst jetzt rauskommen!"

Ich folgte seinem Blick in Richtung Gebüsch, wo ein riesiger Grizzlybär auftauchte.

Charles sprang auf und breitete schützend seine Arme vor mir aus. „Angie, geh in Deckung! Oder lauf weg! Ich lenke ihn von dir ab!"

Ich schluckte schwer, stand dann ebenfalls auf und legte meinem Freund eine Hand auf die Schulter. „Ist schon gut. Ich glaube, der Bär ist ein Freund von Pringle. Lass mich mal mit ihnen reden, bevor du einen Herzinfarkt kriegst. Okay?"

Ich wandte mich an den Waschbären, damit er es mir erklären konnte.

„Kein Freund. Eine Klientin", korrigierte Pringle mich, wobei er es betont deutlich aussprach. „Gloria hat uns gerade mit einem neuen Fall beauftragt, und sie hat bereits im Voraus bezahlt, mit diesem Prachtexemplar." Er deutete auf den Fisch. „Ist das nicht großartig?"

Mir fielen spontan viele Worte ein, wie sich diese Situation beschreiben ließe, aber „großartig" gehörte definitiv nicht dazu.

7

„Was hast du uns da eingebrockt?", flüsterte ich Pringle zu und hoffte, dass Grizzlys nicht so gut hören konnten. Einem leibhaftigen Bären war ich noch nie begegnet und wusste daher nicht, was mich erwartete.

„Entspann dich", meinte Pringle und streckte beschwichtigend die Hände aus. „Sie möchte dich nur um einen kleinen Gefallen bitten. Nichts Schwieriges, versprochen."

„Wir reden später", raunte ich ihm aus dem Mundwinkel zu. Dann schritt ich mit einem Lächeln auf die Bärin zu, wobei ich die Lippen aufeinanderpresste, denn ich wusste nicht genug über diese Kraftpakete, um einschätzen zu können, ob das

Zeigen meiner Zähne als Bedrohung aufgefasst werden könnte. Und bei einem so großen und mächtigen Tier wie diesem wollte ich kein Risiko eingehen.

„Hallo", rief ich freundlich und blieb einige Meter vor ihr stehen. „Gloria, richtig?"

Die Grizzlybärin neigte den Kopf und nickte. „Und du bist diese Tierflüsterin und Privatdetektivin, Pet Whisperer P.I.?", fragte sie mit sanfter, weiblicher Stimme.

Den Namen Pet Whisperer P.I. hatten Grandma und meine Mutter mir verpasst. Sie fanden ihn witzig, aber meiner Meinung nach gab er zu viel von meinem seltsamen Geheimnis preis. Und deshalb hielt mich die Hälfte der Leute für verrückt, während die andere Hälfte glaubte, dass ich wirklich magische oder übersinnliche Kräfte besaß.

„Ja, ich bin Angie", antwortete ich und ahmte die Geste der Bärin nach, indem ich den Kopf ebenso vor ihr verneigte. „Aber ich bin nur übers Wochenende hier. Kann ich dir bei irgendetwas helfen?"

Gloria kam auf allen Vieren auf mich zu, und ich musste mich wirklich zusammenreißen, um nicht zurückzuweichen. „Ich tue dir nichts", sagte sie.

„Ich weiß. Tut mir leid. Aber du bist der erste Bär, den ich in meinem Leben treffe."

Sie ließ sich in eine sitzende Position nieder und seufzte. „Das ist ja das Problem. Alle Menschen halten uns Bären für furchterregend, aber in Wirklichkeit sind wir es, die Angst vor euch haben.“

Ich hob einen Finger, zeigte auf sie und dann auf mich selbst. „Du? Du hast Angst vor mir?“

Sie nickte. „Du scheinst ein ganz netter Mensch zu sein, aber so viele andere ...“ Sie verstummte, und ein Schauer durchlief ihren massigen Körper. Wir sahen uns schweigend an.

Pringle blieb mit seinem Fisch zurück, aber Charles trat langsam neben mich, verschränkte seine Finger mit meinen und drückte fest meine Hand.

„Ist das dein Partner?“, fragte Gloria und musterte ihn mit großen Augen.

„Ja genau“, antwortete ich nachdrücklich. Charles und ich waren zwar nicht verheiratet und noch nicht einmal verlobt, aber im Tierreich war es eben oft so üblich, dass sich Paare schon kurz nach ihrer ersten Begegnung aneinander banden. Für tierische Verhältnisse waren Charles und ich zu diesem Zeitpunkt also wohl schon eher so etwas wie ein altes Ehepaar.

„Er beschützt dich. Das ist gut.“ Gloria nickte anerkennend, dann senkte sie den Blick. „Mein Partner war nicht so ein guter Kerl. Anfangs schon, aber als unsere Zwillinge geboren waren, wollte er sie töten – seine eigenen Kinder –, und deshalb bin ich mit den Kleinen weggelaufen und hier gelandet. Es ist dicht genug bei den Menschen, dass er nicht versuchen wird, uns hierher zu folgen. Aber dadurch, dass die Menschen uns hier so nahekommen, hat meine kleine Familie jetzt andere Schwierigkeiten."

In diesem Moment verspürte ich großes Mitleid mit ihr. Natürlich würde ich ihr helfen, wenn ich könnte. Ich war nicht einmal mehr wütend auf Pringle, weil er Gloria zu mir gebracht hatte. Wegen einer ganzen Reihe anderer Dinge nach wie vor, definitiv, aber nicht deswegen.

„Wie kann ich dir helfen?", fragte ich und sah Bären auf einmal in einem ganz neuen Licht – zumindest die weiblichen.

„Wir sind erst vor ein paar Tagen aus dem Winterschlaf erwacht, aber schon jetzt haben wir große Probleme. Die Menschen, die diesen Park besuchen, kommen zu nahe an unsere Höhle heran. Sie wandern dort herum, und manchmal bringen sie laute, explodierende Blitze mit, die den Kleinen große Angst einjagen."

Es dauerte einen Moment, bis ich begriff, dass sie Feuerwerkskörper meinte. Kein Wunder, dass sie und ihr Nachwuchs so verängstigt waren.

„Ich bin mir ziemlich sicher, dass die Leute diese Dinger gar nicht mit in den Park bringen dürfen."

„Mag sein, aber sie tun es trotzdem."

„Wenn es ohnehin bereits verboten ist, weiß ich nicht so recht, was ich dagegen unternehmen könnte."

Gloria warf einen Blick über ihre Schulter, als ob sie etwas suchte. Plötzlich wirkte sie nervös und fuhr hastig fort: „Es gibt eine Frau, die für den Campingplatz zuständig ist und die sich auch um die Parkbesucher kümmert. Vielleicht ist ihr nicht klar, was hier vor sich geht und wie beunruhigend das ist – nicht nur für die Bären, sondern für alle Wildtiere, die hier leben. Würdest du bitte in unserem Namen mit ihr sprechen?"

„Du willst, dass ich mit ihr rede?", fragte ich und neigte den Kopf zur Seite.

Die Bärin nickte. „Sei unsere Stimme."

„Okay, Gloria. Das tue ich gerne für dich." Ich lächelte und vergaß dabei, nicht meine Zähne zu zeigen.

Sie stolperte einen Schritt zurück, fing sich aber wieder. „Bitte versprich mir, dass du es bald tust. Ich bin mir nicht sicher, ob meine Jungen noch eine weitere schlaflose Nacht verkraften können."

Ich verneigte mich vor ihr. „Du hast mein Wort."

„Wenn du mit ihr gesprochen hast, komm zurück an diese Stelle und ruf meinen Namen. Ich werde dir einen weiteren Lachs bringen als Dank dafür, was du für meine Familie getan hast." Sie stand auf und bedachte mich mit einem prüfenden Blick.

Abwehrend hob ich die Hand. „Schon in Ordnung. Das ist wirklich nicht nötig."

„Doch, bitte. Dann weiß ich auch, dass du dein Versprechen eingelöst hast. Ich danke dir. Du bist ein guter Mensch. Und du erweist den Tieren in diesem Wald einen großen Dienst." Und mit diesen Worten drehte sie sich um und verschwand in die Richtung, aus der sie gekommen war.

Kurz fragte ich mich, wann denn nun endlich die Erholung beginnen würde, aber darauf kam es nun auch nicht mehr an. Letztendlich würde es für mich keine große Mühe bedeuten, aber für Gloria, ihre Jungen und die anderen Tiere, die diesen Park ihr Zuhause nannten, eine große Hilfe sein.

Charles drückte meine Hand, und ich drehte mich zu ihm um. „Ist alles in Ordnung?", fragte er.

„Ja, wir müssen nur vor dem Essen einen kurzen Zwischenstopp einlegen. Komm, los geht's."

8

Charles und ich machten uns schnell auf den Weg zurück zum Campingplatz, vor allem, weil ich einen Bärenhunger hatte – und das nicht nur wegen unserer unerwarteten Begegnung eben.

Pringle verfrachteten wir wieder in den mit roten Saftflecken übersäten Picknickkorb, den ich schleppte, während Charles den Lachs trug. Um zu verhindern, dass sich unser kleiner blinder Passagier erneut besudelte, polsterte ich das Innere des Korbes mit Grandmas Trainingsjacke aus. Allerdings war dadurch mein als „knackig" betitelter Hintern leider nun für jeden sichtbar, der es wagte, einen Blick darauf zu werfen. Wie peinlich!

Und das war auch noch nicht alles: Auf dem Weg

über die Anlage hoffte ich inständig, dass uns niemand fragen würde, wie wir es geschafft hatten, diesen riesigen Lachs ohne Angelausrüstung zu fangen, denn ich hatte keine Ahnung, mit welcher Notlüge ich das plausibel erklären könnte.

So marschierten wir also in Richtung unseres Wohnmobils – ich in meinem rot befleckten Trainingsanzug mit einem versteckten Waschbären im Gepäck und Charles mit unserem unübersehbaren „Fang". Es wunderte mich nicht, dass ein paar Leute innehielten und uns anglotzten, aber die meisten interessierten sich zum Glück nicht für uns.

„Der Wohnwagen da drüben gehört der Frau, die den Platz betreut." Charles deutete mit dem Kinn auf ein älteres Gefährt, an dessen Vorderseite eine Armee von Plastikflamingos eine Art Zaun bildete.

Er nahm mir mit einer Hand den Korb ab und geriet mit dem schweren Fisch in der anderen Hand leicht ins Trudeln.

Pringle murmelte etwas, als er hin und her geschaukelt wurde, jedoch konnte ich es nicht genau verstehen. Außerdem war es mir egal. Offen gestanden fand ich, dass es ihm nur recht geschah.

„Dann bis gleich, ich warte bei uns im Womo auf dich", sagte Charles, der nun den Lachs auf dem

Korb balancierend davonwankte. „Viel Glück. Ich weiß, du wirst das gut hinkriegen!"

Wie schön, dass zumindest einer von uns Vertrauen in mich und meine Überzeugungskraft hatte.

Ich versuchte, mir den dunklen Saft, der vom Korb auf meine Finger übergegangen war, an der Vorderseite meiner Hose abzuwischen, dann ging ich an den aufgereihten Flamingos vorbei und klopfte an die Tür.

Als niemand reagierte, klopfte ich erneut.

„Wenn sie dich nicht hört, kannst du ruhig reingehen. Den Campingplatzgästen steht Junettas Tür immer offen", rief eine Frau und steckte ihren Kopf durch das offene Fenster eines Airstream-Caravans mit türkisblauen Akzenten, der rechts neben Junettas Behausung stand. Sie strich sich ihre Locken, die ähnlich türkisblaue Strähnchen aufwiesen, aus dem Gesicht und musterte mich skeptisch, bevor sie wieder in ihrem schicken Wohnwagen verschwand.

„Danke!", rief ich ihr nach, stieß die Tür auf und trat in das schwach beleuchtete Innere.

Es war nicht annähernd so luxuriös wie das Wohnmobil, das Charles für uns gemietet hatte. Die farbliche Gestaltung erinnerte mich an einen Teil der Sachen in meinem Kleiderschrank, allerdings an die dunklere Seite. Nicht alles in den Achtzigerjahren war flott und bunt gewesen. Hier drinnen herrschten Braun- und Orangetöne vor. Der Kühlschrank war in einem bräunlichen Grün gehalten, und der Wasserhahn an der Spüle daneben wies leichte Roststellen auf. Das alles passte irgendwie nicht zu den rosa Flamingos vor dem Wagen und dem witzigen Känguru-Logo an dessen Außenseite.

Aber das spielte ja jetzt keine Rolle, und ich wollte das auch nicht bewerten, sondern einzig und allein mein Anliegen im Namen der Tiere vorbringen. Ich kannte diese Person nicht und hatte keine Ahnung, was mich erwartete. Doch was sollte schon passieren? Schlimmstenfalls würde sie meine Bitte ablehnen. Ich stellte mir vor, was die Dame wohl sagen würde, wenn Gloria selbst mit ihr sprechen könnte und plötzlich vor ihr stünde. Bei dem Gedanken kicherte ich leise vor mich hin.

„Hallo", rief ich und schlich auf Zehenspitzen weiter Richtung Schlafzimmer.

Die Tür stand nur einen Spalt offen, sodass ich keinen Blick hineinwerfen konnte. Da ich Junetta nicht überrumpeln und sie eine unangenehme Situation bringen wollte, klopfte ich vorsichtig an.

Mit einem Knarren öffnete sich die Tür noch ein

Stück weiter, und in der nächsten Sekunde stieg mir ein vertrauter ekelerregender Geruch in die Nase.

„Hallo?", fragte ich erneut und betete, dass sich mein Verdacht nicht bestätigen möge. Als niemand antwortete, holte ich tief Luft, hielt mir die Nase zu und stieß die Tür ganz auf.

Auf dem Bett lag eine ältere Frau mit einem faltigen Gesicht und unnatürlich lockigem, kupferfarbenem Haar. Eine Hand lag auf ihrem Bauch, die andere umklammerte die Tagesdecke – oder zumindest hatte sie das getan, bis alles Leben aus ihr gewichen war. Das Bett war ordentlich gemacht, aber danach teilweise zerwühlt worden. Die Szene bot eine irritierende Mischung aus Ruhe und Chaos.

Junetta musste gelitten und mit dem Tod gerungen haben. Der Geruch, den ich wahrgenommen hatte, stammte von einer Lache aus rosa gefärbtem Erbrochenem, die in den Teppich vor dem Bett gesickert war.

Ich trat wieder hinaus und schloss die Tür hinter mir, um der armen Frau, na ja, so etwas wie Privatsphäre zu geben. Und irgendwie auch, um den Geruch auszusperren. Meine Fingerabdrücke waren ja sowieso schon auf der Klinke.

Als ich durch den Mittelgang des Wohnwagens vorsichtig zurück nach draußen schlich, fiel mir ein halb gegessenes Stück Kuchen auf dem Tisch auf. Die Gabel war auf den Boden gefallen und der Rest des Kuchens nirgends zu entdecken.

Ich trat an den Tisch heran und betrachtete das Gebäck genauer: ein mit Beeren belegter Mürbeteig. Höchstwahrscheinlich vergiftet, nach dem zu urteilen, was ich eben im Schlafzimmer gesehen hatte.

Es fiel mir schwer, die Augen von dem mörderischen Kuchen abzuwenden, aber ich musste jetzt unbedingt jemanden informieren! Also stürmte ich hinaus und rannte direkt auf den silber-türkisen Airstream zu, dessen Bewohnerin den Kopf durch das Fenster gesteckt und mich ermutigt hatte, einfach hineinzugehen, nachdem Junetta auf mein Klopfen hin nicht erschienen war.

Ich musste wohl etwas zu energisch an ihre Tür gehämmert haben, denn als diese geöffnet wurde, musterte mich die Frau konsterniert durch ihre große Brille, die sie wie eine Eule aussehen ließ.

„Sie ist tot", stotterte ich, trat einen Schritt zurück und deutete auf den Wagen mit den fröhlichen Flamingos davor.

„Was?" Die Frau stieg das Treppchen herab und baute sich vor mir auf. Während sie noch im Türrahmen stand, war mir nicht aufgefallen, wie klein sie war, wahrscheinlich nur gut ein Meter fünfzig.

Ich atmete einmal tief durch, bevor ich es erneut aussprach und ihr meine Vermutung mitteilte: „Junetta. Sie ist tot. Jemand hat sie vergiftet, glaube ich."

Sie starrte mich aus zusammengekniffenen Augen an, als ob die Sonne sie blenden würde, was vielleicht sogar der Fall war, da sie den Kopf neigen musste, um mir in die Augen zu sehen. „Wer sind Sie?"

„Ich bin Angie. Mein Freund und ich sind erst heute angekommen. Ich wollte mit ihr über etwas reden, und Sie sagten mir, ich solle einfach reingehen. Das habe ich gemacht, und dann habe ich ihre Leiche im Schlafzimmer gefunden."

Sie musterte mich sekundenlang wortlos. Und obwohl ich sie überragte und sie wie ein Gartenzwerg aus den Fünfzigerjahren aussah, empfand ich sie dennoch als ziemlich einschüchternd, wie sie mich so taxierte und anscheinend überlegte, ob sie mir meine Geschichte abkaufen sollte.

Ihre Augen bohrten sich in meine, als sie verkündete: „Ich rufe jetzt die Polizei!", woraufhin sie zurück in ihren Caravan eilte und die Tür hinter sich zuknallte.

Verdammt. Das war nicht so gelaufen wie geplant. Nein, ganz und gar nicht.

9

Als ich zu unserem Wohnmobil zurückkehrte, stand Charles mit einem Pfannenwender in der Hand an der Küchenzeile.

„Ich hoffe, du hast Lust auf gegrillten Käse. Das ist heute die Spezialität des Hauses, äh, besser gesagt, des Womos", sagte er. Dann jedoch bemerkte er meinen Gesichtsausdruck, legte den Küchenhelfer beiseite, schaltete den Herd aus und kam auf mich zu, während ich wie angewurzelt dastand. „Was ist denn los? Hast du mit der Verwalterin gesprochen? Wird sie den Tieren helfen?"

Ich starrte ins Leere, schüttelte den Kopf und sah alles um mich herum irgendwie verschwommen, da ich immer noch die schreckliche Szene vor Augen

hatte, in die ich nur wenige Minuten zuvor hineingestolpert war.

„Angie?", fragte Charles mit besorgter Stimme
und legte eine Hand auf meinen Arm.

„Sie kann ihnen nicht mehr helfen", flüsterte ich,
als ich ihn endlich richtig ansehen konnte. Ein
kalter Schauer lief mir den Rücken hinunter. „Sie ist
tot."

„Wer ist tot?", quietschte Pringle von irgendwo
vorne und holte mich in die Gegenwart zurück. Ich
drehte den Kopf und entdeckte ihn auf dem Fahrersitz, wo er mit seinen winzigen Händen das Lenkrad
festhielt und so tat, als würde er mit dem großen
Gefährt durch die Gegend düsen.

„Komm sofort wieder nach hinten", befahl ich
ihm. „Diese Fenster sind nicht getönt. Ich möchte
nicht, dass dich jemand sieht."

Normalerweise hätte er mir widersprochen, doch
heute fügte er sich wortlos, worüber ich in dem
Moment wirklich froh war, denn ich hatte einfach
nicht die Energie für eine Diskussion. Gleichzeitig
machte es mich jedoch auch ein wenig stutzig, weil
dieser kleine Bär zweifellos der größte Schelm unter
der Sonne war. Hoffentlich würde ihn niemand
entdecken, denn ganz sicher hätte ich auch keine
Nerven, neugierige Fragen zu beantworten, ob ich

mir tatsächlich einen Waschbären als Haustier halten würde oder so ähnlich.

Pringle hüpfte hinunter, hoppelte an mir vorbei und sprang auf die Couch. „Mich hat aber niemand gesehen. Also, was ist los, Mama Bär? Jemand ist tot? Wer denn? Sollten wir uns besser aus dem Staub machen, bevor es hier von Cops und Pressefuzzis wimmelt? Oder haben wir einen neuen Fall?"

Ich ließ mich auf die Sitzbank sinken, stützte die Ellbogen auf den Tisch und legte den Kopf in die Hände. Pringle war von Natur aus anstrengend, aber in diesem Augenblick fühlte ich mich von seinem Geplapper vollkommen überfordert.

„Er scheint zu viel Energie von dem ganzen Essen zu haben", flüsterte Charles und setzte sich neben mich. „Tut mir leid, was passiert ist. Bist du sicher, dass sie tot ist?"

„Absolut sicher".

„Soll ich die Polizei rufen oder hat das schon jemand gemacht?"

Ich schüttelte den Kopf und seufzte. „Nicht nötig. Die Camperin aus dem türkisfarbenen Airstream wollte die Sache melden."

„Hey, das ist doch gut, oder?" Charles schaffte es irgendwie immer, mit Ruhe und Logik an die Dinge heranzugehen. Das schätzte ich an ihm, aber in diesem Moment regte mich sein Kommentar nur noch mehr auf, denn ich hatte ihm ja noch nicht erzählen können, wie es sich tatsächlich verhielt.

„Nein, das ist überhaupt nicht gut. Sie hat die Polizei auf mich gehetzt." Dann überschlug sich meine Stimme: „Sie denkt, *ich* hätte Junetta umgebracht."

„Also, das ist ja wohl lächerlich. Du warst die ganze Zeit bei mir, und in den paar Minuten, die du weg warst, hättest du wohl kaum jemanden umbringen können. Außerdem, wer weiß denn schon, ob sie überhaupt ermordet wurde?"

Ich hob den Kopf und starrte ihn mit großen Augen an. „Ich bin mir ziemlich sicher, dass sie ermordet wurde, Charles. Höchstwahrscheinlich mit einem vergifteten Kuchen. Zumindest deutet vieles darauf hin."

Seine Miene wurde noch ernster und seine Stimme weicher. „O nein, Angie, es tut mir leid, dass du das mit ansehen musstest."

„Man sollte meinen, dass ich mich inzwischen daran gewöhnt hätte, bei all den Leichen, über die ich in letzter Zeit gestolpert bin."

„Es spricht für dich, dass dem nicht so ist. Er küsste mich auf die Stirn. „Aber du scheinst wirklich eine Art Gabe zu haben, über Leichen zu stolpern."

„Hm, also, auf diese Gabe könnte ich gerne verzichten", scherzte ich. Gerade als ich das Kinn wieder in die Hände stützen wollte, nahm ich aus dem Augenwinkel eine Bewegung wahr.

Octocat erschien mit müden Augen in der Tür zum Schlafbereich. „Was ist das denn hier für ein Lärm? Ich versuche verzweifelt, meinen Schönheitsschlaf zu halten. Und warum seid ihr überhaupt hier, wolltet ihr nicht eigentlich ein Picknick machen?"

Pringle besaß daraufhin wenigstens den Anstand, peinlich berührt dreinzuschauen, weil er einen nicht unerheblichen Anteil am katastrophalen Verlauf dieses Tages hatte. Dann meinte er: „Hey, Kumpel, komm mal wieder runter. Das ist eine lange Geschichte, und sie ist noch nicht zu Ende. Hier ist der Bär los, könnte man sagen." Als mein Kater ihn daraufhin völlig verständnislos anblickte, wischte sich Pringle über das Gesicht und fügte hinzu: „Wir haben eine Leiche nebenan."

Octocat trat einen Schritt zurück und zischte: „Angela! Dieser Trip sollte doch ein Urlaub sein. Ich hätte ihn verflucht noch mal nötig gehabt. Du bist nämlich selbst an guten Tagen schwer zu ertragen, weißt du das? Du kannst nicht einfach die nächste Leiche ausgraben, während ich versuche, ein längst überfälliges Schläfchen zu halten."

Ich stöhnte. „Ich habe die Leiche nicht absichtlich ‚ausgegraben‘, und ich habe dich auch nicht eingeladen, auf diesen Ausflug mitzukommen. Also hör auf, dich zu beschweren. Oder meinst du etwa, für mich wäre das alles ein Kinderspiel?“

Charles strich mir mit kreisenden Bewegungen über den Rücken. „Machen sie dir das Leben schwer?“, fragte er.

„Wie immer“, stöhnte ich. Diesmal war nicht einmal die süße Paisley mit von der Partie, die es immer schaffte, gute Laune zu verbreiten. Stattdessen musste ich mich mit diesen beiden oberfrechen Vierbeinern herumschlagen.

„Wir sollten vielleicht besser nach draußen gehen“, murmelte Charles. „Wenn die Polizei eintrifft, werden sie mit dir reden wollen.“ Er stand auf, ging zurück in die Küche und griff nach der Pfanne mit dem gegrillten Käse, der auf der einen Seite schon fast verkohlt war. Er schüttelte den Kopf, dann öffnete er einen der Schränke und nahm eine Schachtel heraus. „Du hast bestimmt Kohldampf. Hier, nimm den fürs Erste.“

Er reichte mir einen Müsliriegel, und obwohl mir vor kaum zehn Minuten der Magen geknurrt hatte, war mein Appetit jetzt völlig verschwunden.

„Danke", murmelte ich und zwang mich zum Aufstehen.

„Hinten in der Heckgarage sind ein paar Klappstühle verstaut. Ich hole sie raus, dann können wir uns vors Wohnmobil setzen. Und Angie?"

Er wartete, bis ich ihm in die Augen sah, bevor er fortfuhr: „Alles wird gut."

Ja klar. Bloß hatte ich da so meine Bedenken, und die kamen nicht von ungefähr.

Die Leiterin des Campingplatzes hatte ich sicherlich nicht umgebracht. Eigentlich wusste ich gar nichts über sie, außer dass sie es mit den Vorschriften anscheinend nicht immer so genau genommen hatte.

Trotzdem war ich nun unter Verdacht geraten, und aus Erfahrung, wo es um weitaus weniger als einen Mord gegangen, wusste ich, wie unangenehm das sein konnte.

Ich wurde das nagende Gefühl nicht los, dass die Lage sich weiter verschärfen würde, bevor wir das alles aufklären konnten.

10

„Yippie, jetzt ist Action angesagt! Warte auf mich!", rief Pringle, kurz bevor ich ihm die Tür vor der Nase zuschlug.

Also musste ich wieder hineingehen und ihm erklären, warum ich nicht auf ihn warten würde. „Du musst hier drinnen bleiben", beschwor ich ihn und hoffte, das würde reichen.

Er kniff die Augen zusammen und sprach mit einer heiseren Stimme, die so gar nicht zu ihm passte. „Aber was ist, wenn ich es nicht so lange aushalte?"

Ich blinzelte ihn fassungslos an. „Was, wovon redest du?"

„Du weißt schon," flüsterte der Waschbär verschwörerisch. „Wenn ich mal muss."

„Du bist doch ein schlaues Kerlchen, oder? Und

du weißt, wie man das Klo benutzt, nicht wahr?",
erwiderte ich mit einem Grinsen. „Ansonsten musst
du eben warten, bis es dunkel wird, dann kannst du
dich rausschleichen, um dein Geschäft zu
erledigen."

Seine Schultern sackten herab und er ließ sich auf
alle Viere fallen. „Willst du wirklich, dass ich mich
das ganze Wochenende in dieser blöden Blechbüchse
verstecke?"

Ich blickte aus zusammengekniffenen Augen zu
ihm hinunter. „Ja, wirklich, und das hast du dir selbst
eingebrockt. Ich hätte dich niemals freiwillig auf
diese Reise mitgenommen, aber du musstest dich ja
heimlich hier reinschleichen."

„Ich komme mit dir!", rief Octocat vom Küchen-
tisch aus. Er war gerade damit beschäftigt, sein
Gesicht und seine Pfoten zu säubern, nachdem er
vermutlich die ganze Butter von den unfertigen
gegrillten Käsesandwiches abgeleckt hatte.

„Wieso das denn?", fragte ich.

„Na, wenn er nicht mitdarf, will ich mir das
natürlich nicht entgehen lassen." Er hob den Kopf
und grinste den Waschbären an. „Aber auch, weil ich
dein Partner bin und es sich so anhört, als hätten wir
einen neuen Fall. Und da ich vorhabe, meinen Anteil
an der Bezahlung einzufordern, kann ich auch einen

Teil der Arbeit übernehmen", fügte er hinzu und leckte sich genüsslich die Pfoten.

„In Ordnung", sagte ich, ohne zu erwähnen, dass es für diesen Fall keine Bezahlung geben würde.

„Das ist überhaupt nicht fair!", quengelte Pringle und baute sich vor der Tür auf, damit wir nicht ohne ihn hinausgehen konnten.

Ach herrje! Diese verrückten Fellnasen benahmen sich mal wieder wie kleine Kinder.

Warnend hob ich den Finger. „Hör zu, mein Freund. Wenn ich dich auch nur ein einziges Mal außerhalb dieses Wohnmobils erwische, reiße ich dein Baumhaus ab, kündige deine Fernseh-Abos und werfe deine Nerf-Guns weg. Kapiert?"

Er schluckte schwer. „N-n-nein, nicht Carla. Das würdest du nicht tun."

Ha, Treffer versenkt. Seine Nerf-Gun war ihm heilig, so sehr, dass er dem verflixten Ding sogar einen Namen gegeben hatte.

Ich warf ihm einen grimmigen Blick zu. „Willst du es darauf ankommen lassen? Übrigens, da fällt mir gerade ein, das Grandma mir kürzlich von einem Beagle im Tierheim erzählt hat, der ein neues Zuhause braucht. Hättest du nicht gern einen neuen Spielkameraden?"

„Das wirst du mir büßen", brummte der

Waschbär finster und verschwand mit beleidigter Miene hinten im Schlafbereich.

„Wenn ich dafür büßen muss, mach dich auf das Echo gefasst!", rief ich ihm hinterher.

Octocat gluckste in sich hinein und begab sich gemächlich in Richtung Tür. „Dem hast du es ganz schön gezeigt."

„Glaub ja nicht, dass du aus dem Schneider bist", erwiderte ich und drehte mich zu ihm um. „Auf dich bin ich auch stinksauer."

Octocat versuchte, ein Achselzucken zu simulieren. „Du magst heute sauer auf mich sein, aber ich bin so gut wie jeden Tag sauer auf dich. So wie ich das sehe, sind wir quitt für den Moment", meinte er und stolzierte an mir vorbei.

Ich machte mir gar nicht erst die Mühe, diese unverschämte und schlichtweg falsche Behauptung richtigzustellen. Stattdessen öffnete ich die Tür und bedeutete ihm mit einem mürrischen Kopfnicken, vor mir herzugehen.

Charles hatte unterdessen die Campingstühle samt grasgrünen Polstern vor dem Wohnmobil aufgestellt und sich auf einem davon niedergelassen.

Die Polizei war offensichtlich inzwischen ebenfalls eingetroffen. Ein Streifenwagen parkte am Rande des Campingplatzes, aber die Beamten waren nirgends zu sehen. Wahrscheinlich untersuchten sie bereits Junettas Behausung, um sich ein Bild von der Lage zu machen.

Auch ein paar andere Camper hatten es sich vor ihren Fahrzeugen bequem gemacht und beobachteten von ihren Liegestühlen aus neugierig das Geschehen.

„Igitt, das riecht ja übel hier", stöhnte Octocat, bevor er dreimal hintereinander kräftig nieste. „Was ist das für ein seltsamer, aber auch irgendwie verführerischer Geruch?"

„Charles ...", seufzte ich und ließ mich in den Stuhl neben ihm plumpsen. „Bitte sag Octavius, dass ich im Moment nicht für ihn zu sprechen bin."

„Ja, ist ja gut, ich hab's verstanden", erwiderte er genervt. „Du kannst nicht riskieren, dass diese wahnsinnig wichtigen, wildfremden Menschen dein großes Geheimnis erfahren. Auch wenn du wahrscheinlich keinen von ihnen jemals wiedersehen wirst. Und ganz bestimmt starren alle wie gebannt zu uns herüber, ganz erpicht darauf, dich dabei zu erwischen, wie du mit einem prächtigen Exemplar der Katzenspezies redest, anstatt die Arbeit der Polizei zu verfolgen, die direkt vor ihren Augen stattfindet. Nein, du willst lieber auf Nummer sicher gehen, als den Mord nebenan mit deinem Ermittlungspartner zu besprechen. Ja, vielen Dank auch. Während du hier sitzt und Däumchen drehst, werde ich eben auf eigene Faust in der Sache recherchieren."

„Nein, böse Katze!", rief ich, als er mit hoch erhobenem Schwanz davontrottete. „Komm sofort wieder her!"

Er hatte es fast bis zu Junettas Wohnwagen geschafft, als eine Frau mittleren Alters mit blondem Kurzhaarschnitt und einem riesigen, wallenden Tuch um den Hals, das sie wie ein Drachen erscheinen ließ, zwischen zwei Wohnmobilen hervortrat und ihn auf den Arm nahm.

„Wo willst du denn hin, mein Kleiner? Du siehst viel zu rund und glücklich aus, um ein Streuner zu sein. Vielleicht sollte ich dich besser ‚Dicki' nennen?" Sie hielt inne und lachte über ihre eigene Bemerkung. „Du willst doch nicht, dass deine Mami sich Sorgen um dich macht, oder? Was hältst du davon, wenn wir sie zusammen suchen gehen?"

„Ich bin in meinem ganzen Leben noch nie so beleidigt worden", brummte Octocat und versuchte, sich aus ihren Armen zu winden.

„Aber, aber, mein Dickilein", rief sie aus. „Ich versuche doch nur, dir zu helfen."

„Ich brauche deine Hilfe nicht", knurrte er, während seine großen, bernsteinfarbenen Augen panisch die Gegend absuchten. Als er mich am Wohnmobil stehen sah – ich versuchte gerade krampfhaft, mir das Lachen zu verkneifen –, rief er: „Angela! Hilf mir!"

„Er sieht nicht glücklich aus", meinte Charles. „Gehst du ihn holen?"

„Gleich", erwiderte ich und konnte erkennen, wie sich Octocats Pupillen vor Entsetzen weiteten.

Die blonde Frau bemerkte, dass ich sie beobachtete, und rief: „Gehört dieser pummelige kleine Kerl Ihnen?"

„Jetzt habe ich aber die Schnauze voll von diesen Beleidigungen!", zischte Octocat. „Was bildet sich diese Tussi überhaupt ein?"

„Ja, der gehört mir. Danke, dass Sie ihn eingesammelt haben", antwortete ich und fügte im Stillen hinzu: „… und dass sie ihm eine kleine Lektion erteilt haben."

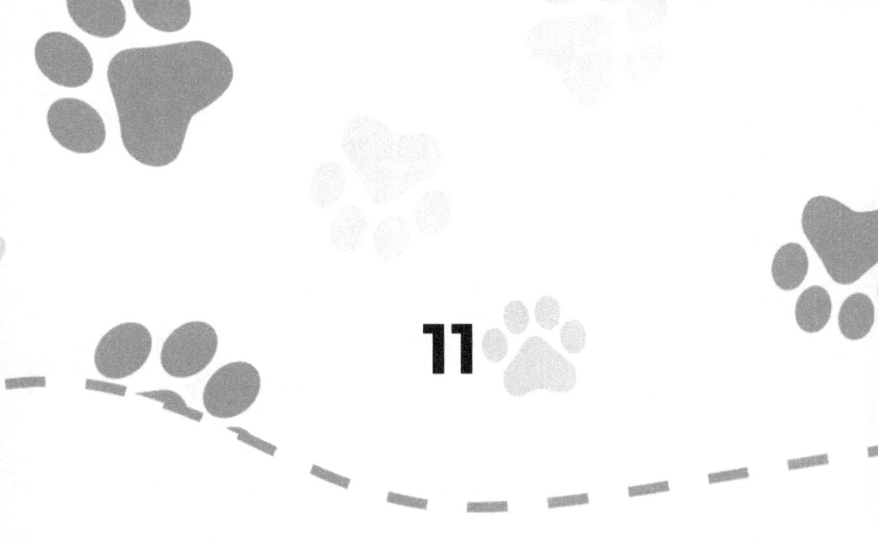

11

ch hole noch einen Stuhl", bot Charles an, als die Frau mit Octocat auf dem Arm zu uns herüberkam.

„Ist das dein Mann?", fragte sie neugierig und schaute Charles mit unverhohlenem Interesse hinterher. „Scheint mir ein guter Fang zu sein."

„Mein Freund", informierte ich sie mit einem verlegenen Lächeln. „Und das ist mein Kater."

„Da hast dir ja zwei tolle Kerle angelacht, junge Lady", erwiderte sie und ließ sich auf Charles' freigewordenen Platz fallen, während sie Octocat weiterhin fest umklammerte.

„Mein Name ist Angie."

„Sharon ... Aua!" Ruckartig ließ sie meinen Kater los und presste sich die Hand an die Wange, wo sich ein dicker, roter Kratzer auf ihrer blassen Haut abzeichnete.

Octocat stieß eine Reihe von Flüchen aus und raste davon, um sich irgendwo zu verstecken.

Sharon sprang von ihrem Stuhl auf, um ihm zu folgen, aber ich hielt sie zurück. „Mach dir keine Sorgen um ihn. Er kommt immer zurück."

Sie schnalzte mit der Zunge und lehnte sich in ihrem Stuhl zurück. „Mein Chester könnte sicher noch einiges von ihm lernen. Wie heißt denn dein kleines Pummelchen?"

Von irgendwoher hörte ich meinen Tiger empört schnauben und weitere Schimpfwörter ausstoßen, und obwohl ich nach wie vor ziemlich sauer auf ihn war, begann ich, ein wenig Mitleid mit ihm zu haben.

„Sein Name ist Octocat, und der Tierarzt sagt, dass er für seine Größe ein normales Gewicht hat. Er ist ein Maine-Coon-Mix, also seine Großmutter war eine Maine Coon." Zumindest behauptete er das immer über seine Abstammung, wenngleich ich so meine Zweifel daran hatte, ob das stimmte. Das mit dem Normalgewicht hatte der Tierarzt bei unserem letzten Besuch auch nicht direkt gesagt. Tatsächlich meinte er sogar, dass er ein wenig zu viel auf den Rippen habe – was wohl unter anderem seinen geliebten Hummerbrötchen geschuldet war –, aber ich hatte mich entschieden, ihm diese Info zu ersparen.

Sharon zuckte mit den Schultern, lehnte sich im Stuhl zurück und streckte die Beine vor sich aus. „Mein Chessy liebt das Leben im Wohnwagen, auch wenn er unser Häuschen auf Rädern nie verlässt. Wahrscheinlich döst er gerade gemütlich auf einem sonnigen Fleck.“

Hmm. Sie schien eine Stammkundin des Campingplatzes zu sein. Vielleicht wusste sie das ein oder andere darüber, wer Junetta den Tod an den Hals gewünscht haben könnte.

„Und, kommst du oft hierher?“, fragte ich im Plauderton.

Darüber lachte Sharon so sehr, dass sie zu husten begann, dann ballte sie eine Hand zur Faust und klopfte sich mehrmals gegen die Brust. „O Mann! Was für ein Anmachspruch. Ist schon lange her, dass mich jemand so angequatscht hat.“

Mit weit aufgerissenen Augen sah ich sie an. „Sorry, ich wollte nicht ...“

„Jetzt nimm es nicht zurück, lass mir doch den Spaß.“ Sie stieß einen zufriedenen Seufzer aus und schwieg dann einige Augenblicke, bevor es aus ihr heraussprudelte: „Chester und ich haben einen netten kleinen Turnus, von einem Nationalpark zum nächsten, und Katahdin ist jedes Mal einer unserer Stopps. Wir haben Freunde überall in Maine, und jeden Monat fahren wir mehrere unserer Lieblingscampingplätze an, um sie zu besuchen. Natürlich bleiben die meisten Leute in den Wintermonaten zu Hause. Aber nicht so Chester und ich. Wir sind immer auf Achse. Wir sind wie Haie. Wenn wir aufhören zu schwimmen, sterben wir." Sie lachte wieder, verschluckte sich diesmal jedoch nicht dabei.

Noch nie hatte ich jemanden getroffen, der so schnell so viel auf einmal reden konnte wie Sharon – ohne Punkt und Komma –, und das, obwohl wir uns gerade erst kennengelernt hatten. Vielleicht standen die Chancen also nicht schlecht, ihr ein wenig Klatsch und Tratsch der Camper hier zu entlocken, wenn ich ihr nur die richtigen Fragen stellte.

„Hast du das Polizeiauto bemerkt, das eben hier vorgefahren ist?", fragte ich und deutete mit dem Kinn in Richtung des geparkten Wagens.

„Ja klar, ist mir das nicht entgangen. Da sind sofort ein paar Beamte rausgesprungen und schnurstracks zu Junettas Wohnwagen marschiert. Unter uns gesagt, diese Frau hat immer irgendwelche Probleme. Ihre Scheidung letztes Jahr verlief alles andere als friedlich. Deshalb hat sie alles aufgegeben und ist für immer hierher in den Park gezogen.

Natürlich taucht ihr widerlicher Ex immer wieder bei ihr auf und fleht sie an, ihn zurückzunehmen.“

„Ach du Schande, ich hatte ja keine Ahnung.“

„Woher auch? Ihr seid doch zum ersten Mal hier, oder?“ Sie legte den Kopf schief und grinste. „Camping-Anfänger erkenne ich immer sofort.“

Ich nickte zur Bestätigung, was ich mir wohl hätte sparen können, so überzeugt wie diese Frau von sich selbst zu sein schien.

In diesem Moment kam Charles hinter dem Wohnmobil hervor, jedoch mit leeren Händen. „Ich konnte leider keinen weiteren Stuhl auftreiben, aber es macht mir nichts aus, mich ein wenig schmutzig zu machen“, erklärte er, bevor er sich auf den Boden setzte.

„Oh, ich habe mir schon gedacht, dass du auf schmutzige Sache stehst“, säuselte Sharon anzüglich.

Er lief knallrot an.

„Also, dann gehe ich mal besser zurück zu Chester. Sagt mal, habt ihr nicht Lust, nachher zu mir zum Kaffee zu kommen und eine Runde zu quatschen. Octocat könnt ihr natürlich gerne mitbringen. Wie war noch mal dein Name, Süße?“

„Angie. Und das ist Charles.“ Wie nett, dass sie sich zwar an den Namen meines Katers, aber nicht an meinen erinnerte.

„Ach so ja, klar. Kommt auf jeden Fall alle drei vorbei." Sie spitzte die Lippen und sandte einen lauten Schmatzer zurück zu uns, woraufhin sie erneut in Gelächter ausbrach.

„Tschüssi, bis später!", zwitscherte sie und bedachte uns im Gehen mit einem weiteren Luftkuss.

„Wow", entfuhr es Charles, als wir beide wieder allein waren. Er erhob sich vom Rasen und setzte sich auf den Stuhl, den Sharon gerade verlassen hatte.

„Kann man wohl sagen", stimmte ich zu, legte den Kopf zurück und beobachtete die vorbeiziehenden Wolken. Endlich ein Moment der Ruhe. Allerdings war dieser leider nur von kurzer Dauer.

„Da drüben! Das ist sie!", rief eine Stimme, die ich sofort wiedererkannte.

Als ich den Blick in jene Richtung schweifen ließ, sah ich, wie schon befürchtet, die Dame aus dem türkisen Airstream direkt auf uns zukommen, dicht gefolgt von einem Polizisten.

12

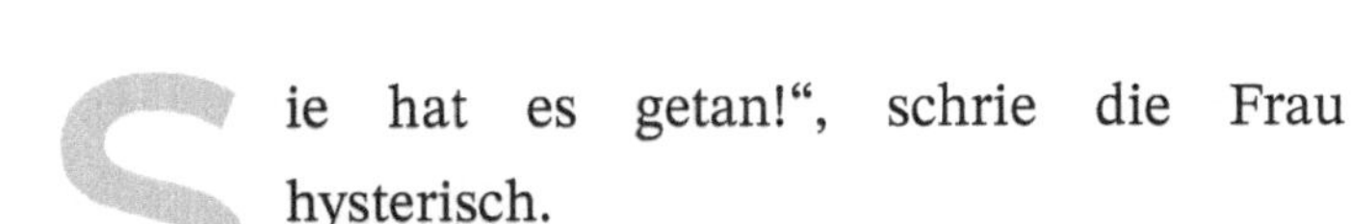

„**S**ie hat es getan!", schrie die Frau hysterisch.

Ich erhob mich von meinem Stuhl, und Charles tat es mir gleich. „Nein, ich bin bloß diejenige, die die Leiche entdeckt hat", stellte ich klar.

„Sie ist schuldig!", kreischte die Frau erneut, obwohl wir nur wenige Meter voneinander entfernt standen.

„Bitte lassen Sie mich das selbst entscheiden", meldete sich der Beamte mit strenger Stimme zu Wort. „Ich würde mich gerne mit der Dame allein unterhalten."

Dann wandte er sich mir zu. „Was dagegen, wenn wir drinnen reden?"

Leider war „drinnen" etwas problematisch. Schließlich hatten wir einen leicht durchgeknallten Waschbären an Bord, der sich wie ein Kleinkind benahm und mitunter auf den Fahrersitz hüpfte, weil er sich einbildete, ein großer Trucker zu sein.

Aber der wenn auch höflichen Aufforderung des Polizisten musste ich nachkommen, und je länger ich zögerte, desto verdächtiger ließ mich das wirken.

Ich schielte zu Charles hinüber, der mit einem dezenten Nicken reagierte. Dann ging er auf die Tür zu und öffnete sie. Ich schickte ein Stoßgebet zum Himmel, als der Polizist und ich ihm hineinfolgten.

„Ist alles in Ordnung, Miss?", erkundigte der Beamte sich, dem wohl aufgefallen war, dass ich mich hektisch in unserem Fahrzeug umschaute.

Kein Pringle in Sicht. Das konnte zweierlei bedeuten: Entweder er hatte sich versteckt oder wider meine Anordnung davongeschlichen.

„Ja, danke", antwortete ich, vielleicht ein bisschen zu knapp.

Charles wies auf die Sitzecke mit den beiden zum Wohnraum hin gedrehten Pilotensitzen. „Miss Russo steht immer noch unter Schock nach dieser Entdeckung. Bitte, wollen Sie sich nicht setzen?"

Er musterte Charles mit neuem Interesse. „Waren Sie dabei, als sie die Leiche gefunden hat?"

„Nein, aber ich bin ihr Anwalt", antwortete er schlagfertig.

Jetzt drehte sich der Beamte wieder zu mir um und meinte: „Dafür, dass Sie angeblich unschuldig sind, haben Sie sich aber schnell rechtlichen Beistand organisiert."

„Sie ist auch meine Freundin", fügte Charles hinzu, bevor er eine weitere spitze Bemerkung machen konnte. „Wir wollten nur ein entspanntes Wochenende hier verbringen."

Der Polizist ließ sich auf dem Beifahrersitz nieder, ich auf der Sitzbank. Charles rutschte neben mich und drückte unter dem Tisch meine Hand. Der Beamte musterte uns beide einen Moment lang, bevor er seinen Notizblock zückte und seine Augen auf mich heftete.

„Miss Stevens da draußen scheint ziemlich überzeugt zu sein, dass Sie das Opfer umgebracht haben", sagte er langsam, wobei er meine Reaktion genau beobachtete.

Ich musste mich mit aller Kraft am Riemen reißen, um ruhig zu bleiben. Ja, ich war schon einmal des Mordes verdächtigt worden, aber das war immerhin in meiner Heimatstadt gewesen. Hier kannte ich niemanden, und niemand kannte mich.

„Sie irrt sich." Ich legte meine freie Hand flach auf den Tisch. „Ich bin nur diejenige, die das Pech hatte, die Leiche zu entdecken ..."

„Wie kam es dazu?", warf der Beamte ein und klickte mit seinem Kugelschreiber. „Warum haben Sie den Wohnwagen betreten, ohne dass jemand Sie hereingelassen hätte?"

„Weil diese Frau ...", erwiderte ich entrüstet, aber Charles hob eine Hand, um mich zu unterbrechen.

„Angie wurde ermutigt, einzutreten, nachdem sie mehrfach angeklopft hatte. Miss Stevens selbst war diejenige, die ihr sagte, sie solle einfach reingehen."

„Sie meinte, den Campingplatzgästen stünde Junettas Tür stets offen", ergänzte ich leise.

Der Polizist trommelte für ein paar Sekunden mit seinem Stift auf dem Notizbuch herum. „Weshalb wollten Sie denn zu ihr?"

„Meine Mandantin steht nicht unter Verdacht. Oder etwa doch?", fragte Charles, der in seinen Anwaltsmodus umgeschaltet hatte. Sein Blick wanderte vom Gesicht des Polizisten hinunter zu der glänzenden Dienstmarke an dessen Uniform. „Officer Hamil, richtig?"

„Ja, so heiße ich. Und nein, wir sammeln im Moment nur Informationen", antwortete er, bevor er aufstand, um sich in dem engen Wohnraum genauer umzusehen.

An der Küchenzeile blieb er stehen. „Verbrannter Grillkäse, lecker. Kochen scheint nicht so ihr Ding zu sein, stimmt's, Miss Russo? Liegt ihnen Backen vielleicht besser? Zum Beispiel, Kuchen mit Beeren?"

Ich biss die Zähne zusammen. Officer Hamil versuchte eindeutig, mich zu provozieren. Das wusste ich, und doch fiel es mir schwer, seine unhöflichen, sexistischen Bemerkungen zu ignorieren.

Charles drückte meine Hand noch fester, um mich daran zu erinnern, dass er für mich da war und alles gut werden würde. „*Ich* habe das anbrennen lassen. Ich wollte gerade Sandwiches zum Lunch für uns zubereiten, als Angie nach dem Fund der Leiche zu mir gelaufen kam und mir erzählte, was passiert war. Darüber habe ich den Grillkäse vergessen."

„Freund, Anwalt und persönlicher Küchenchef", meinte Hamil süffisant und zwinkerte mir zu. „Gibt es irgendetwas, was dieser Typ nicht kann?"

„Er beschuldigt keine unschuldigen Menschen des Mordes", schoss ich zurück, bevor Charles mich daran hindern konnte.

Der Polizist neigte den Kopf zur Seite und glotzte mich mit offenem Mund an. Anscheinend hatte es ihm kurz die Sprache verschlagen. Tja, er hatte wohl nicht damit gerechnet, dass jemand ihm auf dieselbe Art und Weise, wie er mit anderen sprach, Kontra geben würde. „Jetzt aber mal langsam ...", setzte er an, wurde jedoch durch ein Klopfen an der Tür unterbrochen.

„Was dagegen, wenn ich aufmache?", fragte er mich, wobei er so tat, als sei Charles nicht anwesend. Offenbar dachte er, dass er bessere Chancen auf ein Geständnis hätte, wenn er meinen Freund völlig ignorierte. Aber wenn er glaubte, dass ich ein Verbrechen gestehen würde, mit dem ich überhaupt nichts zu tun hatte, hatte er sich gewaltig geschnitten.

„Nur zu", antwortete ich, ohne zu zögern.

Officer Hamil sah uns noch einen Moment prüfend an, bevor er seufzte und zur Tür ging.

„Was hast du für mich?", murmelte er der Person draußen zu.

Ich bemühte mich, einen Blick hinaus zu erhaschen, aber er versperrte mir mit seinem breiten Kreuz die Sicht.

Nach ein paar Minuten leiser Unterhaltung trat Hamil zu uns an den Tisch, wobei er sich dicht vor Charles stellte, was wohl eine Art Einschüchterungstechnik darstellen sollte.

„Wie es aussieht, sind Sie nicht nur Anwalt, sondern obendrein auch noch ein verurteilter Verbrecher, was?" Er hielt inne und sog die Luft durch die Zähne ein. „Sir, ich muss Sie bitten, mit mir zu kommen."

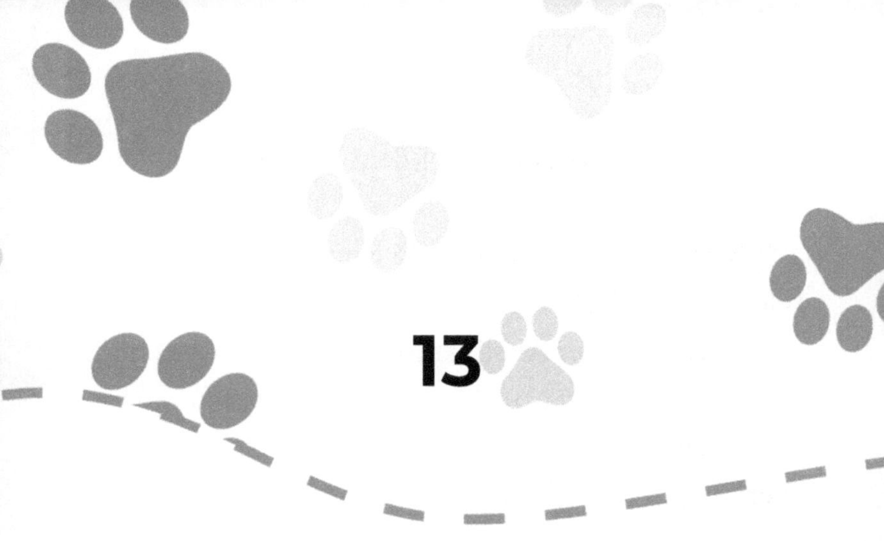

13

ch wollte mitgehen, aber Officer Hamil erlaubte mir nicht, das Fahrzeug zu verlassen.

„Es wird nicht lange dauern", sagte er, bevor er Charles nach draußen folgte und mir die Tür vor der Nase zuschlug.

Verdammt. So sehr ich es auch hasste, selbst unter Verdacht zu stehen, fand ich noch viel unerträglicher, wenn mein Freund unter Beschuss geriet. Und das war beileibe nicht mein einziges Problem.

„Pringle?", wisperte ich und überlegte, wohin der neugierige kleine Kerl verschwunden sein könnte.

Als er nicht antwortete, legte ich mich hinten aufs Bett, schloss die Trennwand und öffnete das Fenster einen Spalt breit, um ein wenig Mäuschen zu spielen. Jedoch musste ich angestrengt die Ohren spitzen, um etwas von dem Gespräch vor dem Wohnmobil mitzubekommen.

Nun gesellte sich eine weibliche Stimme dazu, die Officer Hamil zu unterstützen schien. Diese gehörte definitiv nicht der Airstream-Tante, Miss Stevens, die so vollkommen davon überzeugt war, dass ich eine Frau getötet hatte, die ich noch nicht einmal kannte. Vermutlich handelte es sich um eine Polizeibeamtin, die zunächst am Tatort beschäftigt gewesen war.

„Das Wohnmobil ist nicht meines", erklärte Charles ruhig.

„Sie haben es gestohlen, ja?", fragte Hamil, doch seine Kollegin fuhr ihm mit einem „Scht!" über den Mund.

„Wenn es nicht Ihnen gehört, wie kommt es, dass Sie es benutzen?", forschte sie nach. Diese Lady gefiel mir schon viel besser als ihr Kollege.

„Wäre es okay, wenn ich in meine rechte Vordertasche greife, um mein Telefon herauszuholen?" Gott sei Dank wusste Charles immer genau, wie er sich in solchen Situationen zu verhalten hatte.

„Machen Sie ruhig", antwortete die Frau. Ich stellte mir vor, wie sie nickte, obwohl ich nicht die geringste Ahnung hatte, wie sie überhaupt aussah.

„Ich beobachte Sie, mein Lieber", knurrte Hamil.

Seine Kollegin brachte ihn erneut zum Schweigen, und für einen Moment herrschte Stille. Wahrscheinlich warteten die beiden Polizisten darauf, dass Charles ihnen eine Information auf dem Handy zeigte.

„Sehen Sie hier", hörte ich ihn kurz darauf sagen. „Mit dieser App kann man sich kurzfristig Reisemobile ausleihen. Das ist ein bisschen wie Airbnb. Wenn Sie da drauftippen, sehen Sie die Buchung für das Wohnmobil und die Angaben des Besitzers."

„Gut, das Kennzeichen, das da steht, entspricht dem des Fahrzeugs", stellte die Polizistin fest.

„Das heißt aber nicht, dass Sie aus dem Schneider sind. Ich würde gerne mal Ihren Ausweis sehen." Hamil konnte es offenbar nicht lassen, immer wieder das Zepter in die Hand nehmen zu wollen. Wie nervig musste es sein, diesen Schaumschläger als Kollegen zu haben.

„Ich werde jetzt in meine Gesäßtasche greifen", sagte Charles deutlich.

„Hamil, überprüfen Sie doch bitte seine Daten, ich übernehme das weitere Verhör", ordnete die Beamtin in einem Ton an, der eindeutig keinen Widerspruch zuließ.

Einen Moment lang sagte niemand etwas, dann hörte ich, wie die Tür unseres Wohnmobils geöffnet wurde.

Ich blieb liegen und rührte mich nicht vom Fleck, vor allem, weil ich nicht den Eindruck vermitteln wollte, gelauscht zu haben.

„Danke, Officer Lenard", sagte Charles mit seiner tiefen Stimme, die den Raum erfüllte.

„Sie sehen mir nicht aus wie jemand, dem ich schwere Körperverletzung oder Schlimmeres zutrauen würde", sagte sie freundlich. „Aber nur weil ich nicht glaube, dass Sie ein Mörder sind, heißt das nicht, dass ich nicht mit Ihnen reden will."

„Alles klar. Was würden Sie gerne wissen?"

Aus den Geräuschen vorne im Wagen schloss ich, dass sie sich in der Sitzecke niedergelassen hatten. Für einige Sekunden war es still. Dann nahm Lenard das Gespräch wieder auf: „Erzählen Sie mir, was sie heute gemacht haben und mit wem Sie Kontakt hatten", forderte sie Charles auf. „Mich interessiert vor allem, ob und inwieweit Sie mit dem Opfer in Verbindung standen."

„Heute Morgen bin ich früh aufgestanden, um noch etwas zu arbeiten. Danach habe ich zuerst das Wohnmobil abgeholt, dann meine Freundin, und wenig später haben wir uns auf den Weg hierher gemacht."

„Okay, lassen Sie uns die Fahrt überspringen. Was geschah nach Ihrer Ankunft auf dem Campingplatz?" Die Polizeibeamtin hätte wahrscheinlich auch eine gute Anwältin abgegeben. Genau wie Charles hatte sie ein Talent dafür, sich durchzusetzen und gleichzeitig freundlich und professionell zu bleiben.

„Die Fahrt dauerte etwa drei Stunden", erklärte er. „Um kurz vor zwei sind wir hier angekommen. Ich bin zu der Leiterin des Campingplatzes rübergegangen, um uns anzumelden, und dann haben meine Freundin und ich uns auf den Weg zu einem Picknickplatz gemacht, der nur einen kurzen Spaziergang von hier entfernt liegt."

„Sie haben sich also bei der Platzleitung angemeldet? Erzählen Sie mir mehr von Ihrer Begegnung mit der Dame."

„Da gibt es nicht viel zu erzählen. Sie kam an die Tür, nachdem ich angeklopft hatte, forderte mich jedoch nicht auf, hereinzukommen. Als ich ihr sagte, wer ich bin und dass ich einen Stellplatz gebucht hätte, bat sie mich zu warten und ging wieder hinein. Wenig später kehrte sie mit einem großen Terminbuch in der Hand zurück und machte darin einen Vermerk. Sie sagte, wir dürften jederzeit vorbeikommen, wenn wir während unseres Aufenthalts etwas bräuchten, und das war's."

„Ist Ihnen bei Ihrem Gespräch mit ihr irgendetwas Ungewöhnliches aufgefallen?", erkundigte sich

Officer Lenard mit ruhiger, gelassener Stimme. Wahrscheinlich hatte sie schon hunderte Male Zeugen befragt und jahrelange Erfahrung darin, vielleicht stand sie bereits kurz vor der Pensionierung. Auf jeden Fall stellte ich sie mir schon etwas älter vor.

„Sie wirkte auf mich ein wenig zerstreut oder nicht ganz bei der Sache", antwortete Charles. „Aber ich kannte die Frau ja nicht, hatte sie noch nie zuvor gesehen, also kann ich das auch nicht wirklich beurteilen. Vielleicht war sie ja immer so."

„Gut, das ist nachvollziehbar." Sie schwiegen ein paar Sekunden lang, bevor Lenard den Faden wieder aufnahm. „Nur noch mal zum Mitschreiben: Es war etwa zwei Uhr, als Sie eingecheckt haben?"

„Ja."

„Und Ihre Freundin hat die Leiche entdeckt. Um wie viel Uhr war das?"

„Also, wir sind ein paar Minuten nach dem Einchecken losmarschiert und haben etwa fünfzehn Minuten zu diesem Picknickplatz gebraucht. Und da dort alle Tische und Bänke besetzt waren, sind wir noch fünf Minuten weitergelaufen, bis wir eine schöne Stelle unter einem Baum fanden. Dort haben wir ungefähr eine halbe Stunde lang gesessen und sind dann zurückgegangen. Als wir wieder auf dem Campingplatz ankamen, ging meine Freundin zu der

Platzleiterin, um mit ihm zu sprechen. Ich würde sagen, das war so gegen 15.30 Uhr."

„Sie muss also in diesem Zeitfenster von etwa anderthalb Stunden gestorben sein", erwiderte Officer Lenard. „Was hat Ihre Freundin dazu bewogen, zu ihr zu gehen? Angemeldet hatten Sie sich ja schon."

O nein. Diese Frage hätte mich erstarren lassen. Den wahren Grund – nämlich dass wir einer Bärin helfen wollten – könnte Charles ihr unmöglich erklären. Dann hätte die Beamtin sicher gedacht, er wolle ihr im wahrsten Sinne des Wortes einen Bären aufbinden und hätte ihn wahrscheinlich doch sofort als Hauptverdächtigen eingestuft.

„Die Dame hatte ja auch die Parkaufsicht inne, und während unseres Picknicks glaubten wir, ein Feuerwerk gehört zu haben. Irgendwo hat es laut geknallt", erklärte er, holte tief Luft und seufzte. „Meine Freundin ist eine absolute Tierliebhaberin, und deswegen war sie ziemlich beunruhigt. Schließlich ist der Park hier ein Naturschutzgebiet, und da sollte so etwas nicht passieren."

Charles' Erklärung kam so glatt und überzeugend rüber, dass die Beamtin sie ihm sicher sofort abkaufte. In den besten Lügen steckte eben auch ein Funken Wahrheit. Und seine Aussage kam dem, was

Gloria mir mitteilte, nachdem Pringle mich zu diesem Gespräch mit ihr gedrängt hatte, schon ziemlich nahe.

„Sind Sie sicher, dass Sie …?" Den Rest der Frage bekam ich nicht mehr mit, weil ich in dieser Sekunde aus dem Fenster linste und etwas meine Aufmerksamkeit erregte. Pringle.

Der Waschbär kletterte gerade auf dem Dach des Wohnmobils nebenan herum. Doch noch bevor ich ihn dort hinunterwinken konnte, war er durch die Dachluke geklettert und aus meinem Blickfeld verschwunden.

Oh, der konnte etwas erleben, sobald wir wieder allein waren!

14

Auf Zehenspitzen schlüpfte ich durch die Hecktür nach draußen, während Charles und Officer Lenard sich vorne weiter unterhielten.

Ich huschte zu dem Wohnmobil, in dem ich Pringle auf dem Dach hatte herumschleichen sehen, und überlegte fieberhaft, was ich den Leuten sagen sollte, denen es gehörte. Nervös klopfte ich an die Tür, doch niemand öffnete, was mir nach der Erfahrung heute Nachmittag ein höchst ungutes Gefühl gab.

„Pringle!", flüsterte ich. „Pringle! Ich weiß, dass du da drin bist!"

„Ich glaube, ich habe noch eine Tüte Pringles auf Lager, falls du Heißhunger auf die Dinger hast", rief

Sharon von irgendwo hinter mir.

Erschrocken fuhr ich herum. „Oh, Sharon. Hallo noch mal!", stotterte ich, hob die Hand zum Gruß und wackelte unbeholfen mit den Fingern. „Ich suche meinen Kater."

Sie blinzelte mich verwirrt an. „Ich dachte, er heißt Octocat?"

„Ja, das ist die Kurzform. Pringle ist sein zweiter Vorname. Also, einer von ihnen jedenfalls. Sein voller Name ist Octavius Pringle Maxwell Ricardo Edmund Frederick Fulton Russo. Jetzt weißt du, warum ich das meist abkürze. Er hört aber auf alle seine Namen, und da ich ihn schon eine Weile nicht mehr gesehen habe, wollte ich sie mal der Reihe nach durchgehen." Ich stieß ein nervöses Lachen aus. Bestimmt würde sie merken, dass ich ihr etwas vorspielte. Aber ich hatte Glück – ihr schien nichts aufzufallen.

„Dein Pummelkater ist verschwunden?", erwiderte Sharon schrill und fächelte sich mit einer Hand Luft zu. „Warum hast du mir nicht gleich Bescheid gesagt? Natürlich helfe ich dir, ihn zu suchen. Ich sag dir was, du kommst jetzt mal mit."

Als ich zögerte, winkte sie mich zu sich und rief: „Komm schon, meine Liebe. Komm mit."

Ich warf einen letzten Blick auf das Gefährt, in

dem Pringle verschwunden war, und watschelte dann wie ein verlorenes Entlein hinter ihr her.

„Normalerweise lade ich nicht jeden direkt zu uns ein, um Chessy nicht so oft bei seinen Nickerchen zu stören, aber ich mag dich und habe das Gefühl, dass er dich auch mögen wird." Sie hielt vor ihrer Tür an und wartete, bis ich zu ihr aufgeschlossen hatte. „Ja, bestimmt wird er das. Dann komm mal rein."

Etwas widerwillig folgte ich Sharon in ihr mobiles Heim, das sich ein Stück näher an dem Wohnwagen der Platzleiterin als unser gemietetes Gefährt befand, etwa auf halber Strecke dazwischen.

Während ich mich bei Junetta direkt in die 1980er-Jahre versetzt gefühlt hatte, wirkte Sharons moderner Airstream eher wie in eine futuristische Raumstation. Die komplette Einrichtung war makellos weiß und mit glänzenden Chromakzenten verziert. Geschwungene Formen beherrschten das Bild, und alles ging nahtlos ineinander über. Auf dem glatten Ledersofa saß ein blütenweißer Kater mit langem Haar und strahlend blauen Augen.

Sharon schlappte zu ihm hinüber und nahm ihn auf den Arm. „O mein süßes, süßes Chessy-Baby", gurrte sie.

„Wow, echt schön hier", hauchte ich und drehte mich im Kreis, um die ganzen Annehmlichkeiten des luxuriösen Caravans zu bestaunen. An einer der Wände hing ein riesiger Fernseher, auf dem ein Naturkanal eingestellt war.

„Oh, das ist Chesters Reich. Ich habe nur das Glück, mit ihm hier leben zu dürfen", plapperte Sharon weiter.

Ich streckte dem Kater meine Hand entgegen, damit er daran schnuppern konnte, und er begann sofort zu schnurren. Selbst das kam mir wie ein unglaublicher Luxus vor. Octocat begrüßte mich nie so freundlich, nicht einmal, wenn er einen superguten Tag hatte.

„Das meine ich übrigens wörtlich", fuhr Sharon fort. Sie wiegte schmunzelnd den Kopf hin und her. „Chester hat eine ganze Menge Fans in den sozialen Medien. Irgendwann habe ich angefangen, Fotos von ihm auf unseren Campingabenteuern zu posten, und vor einiger Zeit meldete sich ein Typ aus Hollywood bei mir, der eine Reality-TV-Serie daraus machen wollte. So kam eins zum anderen, und jetzt werden Chessy und ich bald im Fernsehen zu sehen sein. Die Dreharbeiten beginnen diesen Sommer. Und der TV-Sender hat uns dieses schicke Haus auf Rädern bereits zur Verfügung gestellt, damit wir Zeit haben, uns daran zu gewöhnen, bevor die Filmerei losgeht."

Wow, das waren ganz schön viele Infos auf

einmal. Und nachdem sie mir das nun alles erzählt hatte, fand ich Sharon gleich viel interessanter, denn sie war die erste Person, die ich je getroffen hatte, die sich – genau wie ich – quasi über ihre Katze finanzierte.

„Chester ist so ein talentiertes Katerchen. Nicht wahr, mein Süßer?“, säuselte sie weiter, während sie ihren vierbeinigen Lebenspartner anhimmelte.

Pringle würde sich grün und blau ärgern, wenn er erfuhr, dass er einen zukünftigen Reality-TV-Star hätte kennenlernen können und diesen nur um ein Haar verpasst hatte. Ich konnte es kaum erwarten, es ihm zu erzählen.

„Angie?“ Sharon starrte mich mit großen Augen und einem besorgten Gesichtsausdruck an. Ich ahnte bereits, was da jetzt kommen würde.

„Hat die Polizei schon mit dir gesprochen?“, fragte sie.

„Ja“, bestätigte ich, ließ den Blick fasziniert über den Boden schweifen, der wie weißer Marmor mit einem silbernen Schimmer anmutete.

„Es ist so furchtbar, was da mit Junetta passiert ist.“ Sie schnalzte mit der Zunge und setzte den Kater zurück auf das Sofa. „Sie wirkte ganz normal, als ich ihr heute Morgen meinen berühmten frisch geba- ckenen Preiselbeerkuchen gebracht habe.“

Sofort hatte ich wieder die grausige Szene vor Augen, die sich mir an diesem Nachmittag dargeboten hatte. Das rötlich gefärbte Erbrochene, der halb gegessene Kuchen. Gemischte Beeren, hatte ich gedacht, aber es könnten auch nur Preiselbeeren gewesen sein, das war nicht auszuschließen.

Hatte Sharon gerade unabsichtlich gestanden, die arme Frau getötet zu haben? Hmm. Sie redete zwar gerne und viel, aber würde ihr auch versehentlich ein Mord rausrutschen?

Ich hatte keine Ahnung, und vor allem beschlich mich in diesem Moment eine Heidenangst, dass es wahr sein könnte. Plötzlich fühlte ich mich sehr unwohl dabei, allein mit ihr in ihrem Caravan zu sein ...

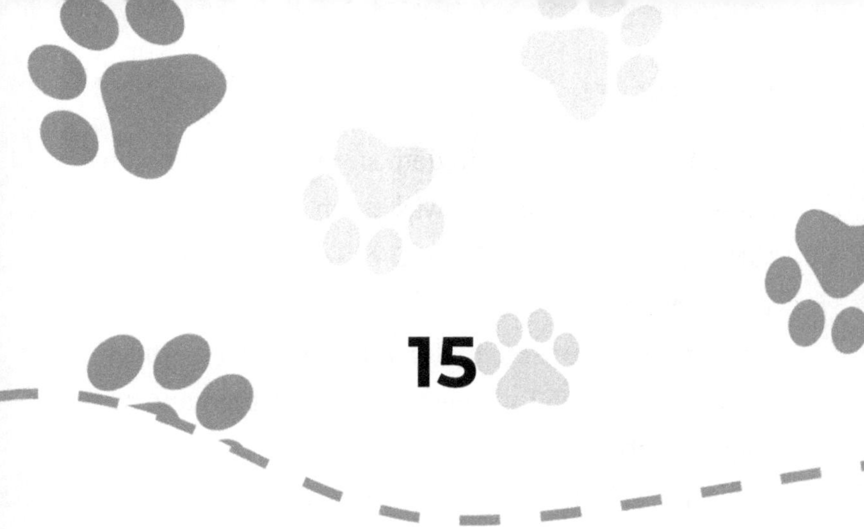

15

„Ich muss gehen", platzte es aus mir heraus, doch Sharon, die im Gang zur Tür stand, versperrte mir mit ihrem fülligen Körper den Weg.

Ihr Gesicht verzog sich zu einem Schmollmund. „Aber du bist doch gerade erst gekommen."

„Ich muss jetzt wirklich meinen Kater suchen." Dann versuchte ich, mich an ihr vorbeizuquetschen, aber sie rührte sich nicht vom Fleck. Offenbar wollte sie mich nicht rauslassen.

„Oh, ich Dummchen! Ich war so was von abgelenkt und habe total vergessen, dass ich dir etwas geben wollte." Sie klatschte sich mit der Handfläche auf die Stirn und seufzte. „Bevor du gehst, habe ich noch etwas für dich."

In dem Augenblick, in dem sie sich umdrehte, um dieses Etwas zu holen, was auch immer es war, stürzte ich zurück ins Freie. Die Gefahr, dass jemand versuchen würde, mich vor den Augen anderer Camper abzumurksen, hielt ich für deutlich geringer.

„Ich habe euch im Auge!", brüllte mir jemand aus einiger Entfernung zu, und als ich mich kurz umdrehte, sah ich, wie diese komische Frau aus dem türkisen Airstream eine Faust in die Luft reckte. Dann rannte ich zurück zu Charles und unserem Wohnmobil.

Zu diesem Zeitpunkt war ich bereits so was von bedient, dass ich einfach nur noch nach Hause und diesen ganzen Horrortag vergessen wollte. Doch vermutlich würde uns die Polizei nicht gehen lassen, solange Charles und ich unter Verdacht standen und die Ermittlungen noch nicht abgeschlossen waren.

„Da bist du ja", sagte Charles, der es sich auf einem der Stühle vor dem Womo bequem gemacht hatte. „Angie, du bist knallrot. Was ist los?"

„Angie! Warum bist du denn einfach weggelaufen?", rief Sharon, die zu uns herübergejoggt kam.

Ein paar andere Camper beobachteten uns und tuschelten miteinander. Ein kleines Mädchen mit lockigen Zöpfen hatte sich zu uns umgedreht, versteckte sich dann jedoch rasch hinter den Beinen ihres Vaters. Dieser starrte mich feindselig an. Schlagartig fühlte ich mich komplett missverstanden und irgendwie an den Pranger gestellt, mehr noch als vorhin bei der Befragung durch die Polizei.

Charles stand auf und legte einen Arm um mich, während Sharon schnaufend vor uns zum Stehen kam.

„Hier", japste sie. Zwischen ihrem und unserem Reisemobil lag zwar nur eine kurze Strecke, doch anscheinend hatte sie sich dabei ziemlich verausgabt. Ich kannte das Gefühl nur allzu gut. Noch bis vor Kurzem wäre auch ich außer Puste gewesen, hätte Grandma nicht angefangen, mich zu morgendlichen Trainingsläufen mit ihr und Cujo, dem Schlittenhund ihrer Freundin, zu zwingen.

Sharons hielt mir eine flache Konservendose hin, die ich zögernd entgegennahm.

„Für deinen Kater. Ich hoffe, ihr findet ihn bald." Sie beugte sich vor, holte noch einmal tief Luft und machte sich mit gemächlichen Schritten wieder auf den Weg zu ihrem Caravan.

Charles nahm mir die Dose ab und las das Etikett. „Weißer Thunfisch."

„Thunfisch?", wiederholte Pringle von irgendwo in der Nähe.

„Pringle, wo bist du?", flüsterte ich und ließ den Blick umherwandern.

„Hier unten", rief der Waschbär leise.

Ich ging auf die Knie, stützte mich mit den Händen ab und spähte unter das Wohnmobil.

„Gib mir den Thunfisch, Baby!", forderte er und streckte mir flehend seine Pfötchen entgegen.

„Ich gehe rein. Wenn du etwas davon haben willst, solltest du mir unauffällig folgen." Seufzend erhob ich mich und hoffte, er würde diesen Köder schlucken.

Einen Moment später drang ein dumpfes Scheppern aus dem Badezimmer zu uns heraus.

„Ich schau mal, was da los ist", meinte Charles und setzte sich rasch in Bewegung, ich hinterher.

In dem Augenblick, als er die Tür öffnete, stürmte Pringle wie ein Wahnsinniger aus der Nasszelle heraus. „Thunfisch, Thunfisch, Thunfisch", krakeelte er und hopste neben mir auf und ab.

„Du warst ein sehr unartiger Waschbär."

Er setzte ein unschuldiges Gesicht auf, blickte mich mit großen Augen an und faltete tatsächlich die Vorderpfoten, die mehr wie kleine Hände aussahen. „Was? Ich?"

Ich warf ihm einen finsteren Blick zu und zog die Hand mit der Dose weg, als er versuchte, mir diese zu entreißen. „Ja, du. Ich habe dir gesagt, du sollst hierbleiben.“

„Bin ich doch!“, quiekte er. „Ich bin hiergeblieben, wie du siehst.“

„Warum habe ich dich dann eben auf dem anderen Wohnmobil herumschleichen sehen?“

Er trat einen Schritt zurück. „Was?“

„Jetzt tu nicht so. Ich habe dich genau gesehen.“

„Okay, ich geb's zu“, seufzte er inbrünstig und ließ seine kleinen Schultern hängen. „Aber weißt du, ich wollte dir nur helfen, den Mord zu lösen. Die Sache ist die: Ich würde wahnsinnig gerne bei Pet Whisperer P.I. mitmachen, und ich dachte mir, wenn ich diesen Fall im Alleingang löse, hast du keine andere Wahl, als mich ins Team der Detektei aufzunehmen.“

„Träum weiter, du Penner“, knurrte Octocat, der in diesem Augenblick wie aus dem Nichts auftauchte. Er stolzierte zu uns herüber und streckte beim Gehen jedes Bein, was wie ein bizarre Zirkusnummer wirkte.

„Und wo warst du die ganze Zeit über?“, fragte ich nachdrücklich und verschränkte die Arme vor der Brust, den Thunfisch immer noch in der Hand haltend.

Ein Schauder durchzuckte seinen getigerten

Körper. „Ich habe mich vor dieser schrecklichen Sharon versteckt."

„Schade, dass du sie so schrecklich findest", stichelte ich mit einem verschmitzten Grinsen. „Sie hat mir nämlich eine Dose Thunfisch für dich mitgebracht, aber da du sie nicht leiden kannst, willst du die sicher nicht haben ..."

„Her damit!", rief Octocat und setze zum Sprung an, um mir die Dose aus der Hand zu schlagen, die daraufhin krachend zu Boden fiel.

Beide Tiere stürzten sich sofort darauf und lieferten sich einen erbitterten Kampf um den begehrten Leckerbissen.

„Muss ich überhaupt fragen?", Charles holte zwei Fläschchen Limonade aus dem Kühlschrank und reichte mir eine.

„Besser nicht." Ich ließ mich auf die Sitzbank fallen und rutschte rüber, um ihm Platz zu machen. „Hat das Gespräch mit der Polizei noch etwas ergeben?"

„Eigentlich nicht. Aber ich dachte mir, es wäre vielleicht besser, wenn du dich umziehen würdest."

„Wieso?", fragte ich, und bei dem Gedanken an meinen „knackigen" Hintern glühten mir schon wieder die Wangen vor lauter Peinlichkeit.

Er blickte auf meinen Schoß hinunter. „Na ja, die

Campingplatzleiterin wurde mit einem vergifteten Beerenkuchen ermordet, und du hast überall rote Flecken auf deinen Klamotten. Sieht ein bisschen verdächtig aus."

„Oh, das habe ich dir ja noch gar nicht gesagt: Ich weiß, wer den Kuchen gebacken hat." Es machte mich immer ein wenig stolz, ihm einen entscheidenden Hinweis, den ich entdeckt hatte, zu liefern, obwohl der Moment, in dem ich davon erfahren hatte, in diesem Fall ziemlich gruselig gewesen war.

Er nahm einen Schluck von seiner Limo und stellte die Flasche ab. „Wer?"

„Sharon", verriet ich und presste die Lippen zusammen, um mir ein Grinsen zu verkneifen.

Er schnaubte und nahm einen weiteren Schluck. „Aber du glaubst doch nicht, dass sie es getan hat, oder? Ich meine, das ist bestenfalls ein Indiz, aber noch kein handfester Beweis."

„Machst du Witze? Das ist ja wohl mehr als eindeutig", entgegnete ich, obwohl ich selbst noch nicht ganz überzeugt war. Ich glaube, ich hoffte in diesem Moment einfach, dass wir dem Täter beziehungsweise der Täterin dicht auf der Spur waren und nicht weiter im Dunkeln tappten.

„Ich schätze, das muss sich noch herausstellen." Charles beugte sich vor und nahm den zankenden

Tieren die Dose Thunfisch ab, um sie dann im Handschuhfach zu verstauen, wo sie keiner von ihnen erreichen konnte.

„Das ist unfair! Das ist unfair!", quäkte Pringle und hüpfte protestierend auf und ab.

„Der Kotzbrocken hat wieder zugeschlagen", bemerkte Octocat abschätzig. Das war sein liebster Spitzname für Charles, wenn er sich über ihn ärgerte.

„Wo ist eigentlich der Lachs?", fragte ich in die Runde, um die Situation zu retten.

„Den habe ich draußen liegen lassen", antwortete Charles, der sich wieder neben mich setzte. „Ich konnte ihn ja schlecht mit reinbringen und die Luft verpesten."

„Passt auf, ich mache euch einen Vorschlag", sagte ich zu unseren beiden blinden Passagieren. „Wenn ihr euch für den Rest des Wochenendes benehmt, dürft ihr euch den Lachs teilen."

„Ich will nicht mit ihm teilen", riefen sie unisono und streckten einander die Zunge heraus.

Ich zuckte mit den Schultern, als ob mich das Gezeter der beiden nicht interessierte. „Das ist mein Angebot. Nehmt es an oder lasst es bleiben, das liegt an euch. Mir ist das ganz gleich."

„Würdest du dich jetzt bitte umziehen?", forderte

Charles mich auf, der erneut auf meine rot befleckte Hose starrte.

Ich seufzte, denn ich wusste, dass der Koffer mir keine guten Optionen bot. Aber er hatte recht. Selbst wenn man von den verdächtigen Beerenflecken absah, machte mein Outfit dank unseres kurzen Abenteuers im Wald einen leicht schmuddeligen Eindruck.

Also verschwand ich hinten im Schlafbereich, wuchtete den Koffer aus dem Staufach und kramte darin herum. Ich fand ein langes, schwarzes und noch dazu rückenfreies Crash-Kleid. Es sah aus wie ein Kostüm aus *Vom Winde verweht* oder einem anderen alten Schinken. Dennoch erschien es mir weit weniger extravagant als die restlichen Sachen, die meine allerliebste Großmutter mir mitgegeben hatte, also zog ich es über. Was blieb mir auch sonst übrig?

Natürlich reichte es bei mir, anders als bei Grandma, nicht bis zum Boden, sondern nur bis zu den Waden, aber immerhin würde ich mich so besser darin bewegen können.

„Du siehst umwerfend aus", raunte Charles, als ich wieder in den Wohnbereich trat, und nahm mich in die Arme. Er stimmte einen schnulzigen Oldie an, den wir beide mochten, und gemeinsam schunkelten wir zwischen der Küchenzeile und dem Essbereich hin und her.

„Igitt, habt ihr denn kein Zuhause!", rief Octocat aus, als Charles mir einen innigen Kuss gab.

„Doch, du hingegen hast gleich kein Zuhause mehr!", fauchte ich zurück.

„Ich habe eins. Und das liegt gerade in meinen Armen", flüsterte Charles mir ins Ohr und schenkte mir ein charmantes Lächeln.

Ich kicherte und verdrehte die Augen. Typisch Charles. Mit ihm war einfach alles besser, und er schaffte es sogar, gute Laune zu verbreiten, während wir unter Mordverdacht standen.

„Bin gleich wieder da", sagte er, löste sich von mir und begab sich ebenfalls nach hinten.

„Was hast du vor?", fragte ich gespielt vorwurfs-voll. Ich liebte unsere improvisierten Tänzchen und wollte nicht, dass dieser schon vorbei war.

„Wenn du dich hier so aufbrezelst und einen auf Glamping-Queen machst, muss ich mich auch umziehen, um mit dir mithalten zu können", meinte er und zog die Trennwand hinter sich zu.

16

„Das ist das Beste, was ich in der Kürze der Zeit auf die Beine stellen konnte", sagte Charles, als er aus dem Schlafbereich kam und sich um die eigene Achse drehte, um sein figurbetontes schwarzes Poloshirt zu präsentieren, das er mit neuen, khakifarbenen Shorts kombiniert hatte.

„Nicht direkt salonfähig, aber Schwarz geht ja schließlich immer", kommentierte ich seinen Look kichernd. Daraufhin zog er mich überschwänglich an sich. „Hey, ich habe gerade ein bisschen in unseren Vorräten gestöbert, während du dich umgezogen hast, und habe da eine Flasche Sekt entdeckt. Und das hat mich auf eine Idee gebracht."

Charles öffnete schmunzelnd den Kühlschrank

und schnappte sich die Flasche, dann griff er in den Schrank und holte eine Schachtel mit zwei Sektflöten heraus. „Den wollte ich eigentlich für unseren letzten Abend aufheben, aber ich denke, wir können ihn genauso gut jetzt trinken", erwiderte er achselzuckend.

„Nein, noch nicht aufmachen!", rief ich, als er begann, die Folie vom Flaschenkopf abzuziehen.

Er hielt inne, spannte die Schultern an, und wartete darauf, dass ich ihm meine große Idee verriet.

„Wir gehen damit zu Sharon", erklärte ich ihm, aber er schaute mich nur verständnislos an.

„Was? Warum?"

Ich umfasste seine Taille und lehnte mich dicht an ihn. „Quasi als Wiedergutmachung, und um ihr etwas zu entlocken. Ich entschuldige mich, dass ich vorhin so komisch war, bedanke mich für den Thunfisch und überreiche ihr den Sekt."

Jetzt lächelte er mich erwartungsvoll an. „Ja, und was dann?"

„Also, wir nehmen Octocat mit, und ich werde sie fragen, ob ihr Angebot von vorhin noch steht, das mit dem Kaffeeklatsch. Sie wird nicht widerstehen können. Sobald wir drinnen sind, lenkst du sie ab, während Octocat und ich mit Chessy reden."

Fragend zog er die Brauen zusammen. „Chessy?"

„Ihr Kater. Wenn sie wirklich so oft hierherkommt, wie sie sagt, dann hat er bestimmt auch schon das ein oder andere mitbekommen, was hier auf dem Campingplatz und im Park so abgeht. Er wird uns hoffentlich auch sagen, ob ihm heute etwas Besonderes an Sharon aufgefallen ist."

„Zum Beispiel, ob sie Gift in den Kuchen gemischt hat", erwiderte er mit einem schelmischen Grinsen.

„Ganz genau." Es kann zwar gut sein, dass es nicht ganz so easy wird, wie es jetzt klingt, aber Sharon ist auf jeden Fall eine Klatschtante, daher denke ich, es könnte klappen.

„Meine Freundin ist so was von clever", bemerkte Charles anerkennend und gab mir einen flüchtigen Kuss. „Aber wir haben nur zwei Gläser; meinst du, das sieht irgendwie blöd aus?"

Ich löste mich von ihm. „Ach was, ich werde nicht mittrinken, ich brauche jetzt einen klaren Kopf."

„Es gibt nur ein Problem mit deinem Plan", brummte Octocat, der sich auf der Sitzbank eingerollt hatte. „Ich werde nicht mitkommen."

Ich setzte mich neben ihn und wollte ihn streicheln, aber er schlug nach meiner Hand. „Warum das denn nicht? Du bist so etwas wie unsere Eintrittskarte."

„Ich will aber nicht, und du kannst mich nicht zwingen", schmollte er mit saurer Miene.

Zum Glück wusste ich, wie ich meinen Tiger zur Räson bringen konnte. „Ich habe immer noch diesen Thunfisch, falls du noch Interesse hast."

Er wandte sein Gesicht von mir ab und murmelte: „Falls du versuchen solltest, mich zu bestechen, vergiss es, das wird nicht funktionieren."

„Charles?", sagte ich und deutete in Richtung Handschuhfach.

Er begriff sofort, was ich vorhatte, holte die Dose daraus hervor und legte sie mir in die Hand. Dann öffnete er die Besteckschublade und reichte mir einen Dosenöffner.

Als der Deckel aufsprang, bekam mein Kater große Augen und leckte sich eifrig die Lippen. Keine Katze konnte dem Geräusch, und vor allem dem Geruch, einer frisch geöffneten Dose Fisch widerstehen, und genau darauf hatte ich gesetzt.

„Hier hast du eine kleine Kostprobe, und wenn wir zurück sind, gehört der Rest dir", sagte ich und wedelte damit herum, um ihn noch mehr anzufixen „Ich verspreche dir, dass wir das so schnell wie möglich hinter uns bringen."

„Aber ich teile nicht mit dem Waschbären", antwortete er, während er die Dose fixierte.

Ich schaute mich im Wohnmobil um. Wenn es um eine besondere Leckerei ging, war Pringle normalerweise auch stets zur Stelle, aber ich konnte ihn nirgends entdecken. Wahrscheinlich hatte er sich rausgeschlichen, um wieder ein bisschen herumschnüffeln. Der alte Schlingel.

„Der ist nur für dich, versprochen." Ich riss den Deckel ab und holte ein Stück Fisch heraus. „Hier ist deine Anzahlung." Octocat inhalierte es förmlich.

„Köstlich", meinte er, leckte sich eine Pfote, und fuhr sich damit übers Maul.

„Kannst du das irgendwo hinstellen, wo Pringle nicht drankommt?", bat ich Charles und ging ins Bad, um mir die Hände zu waschen.

Dann marschierten wir zu Sharon hinüber. Octocat weigerte sich, getragen zu werden, und trottete neben mir her. Auf meiner anderen Seite ging Charles mit dem Schaumwein und den beiden Gläsern. Bestimmt würde Sharon ihn gleich wieder anschmachten, schließlich hatte sie vorhin schon ziemlich ungeniert mit ihm geflirtet.

Und tatsächlich ging mein Plan voll auf. Es bedurfte so gut wie keiner Überzeugungsarbeit. Sie bat uns gleich herein und hieß uns in ihrem Haus auf Rädern willkommen.

Ihr vierbeiniger Freund lag eingekuschelt auf dem Sofa und schlief friedlich. Octocat musterte Chester und rümpfte die Nase. „O Mann, was ist das denn für ein Schluffi."

Nur zu gerne hätte ich seine spitze Bemerkung kommentiert – was fiel ihm eigentlich ein, jemanden zu verurteilen, den er noch gar nicht kannte? Aber ich wollte vor Sharon nicht offen mit ihm sprechen, also biss ich die Zähne zusammen und schwieg, während Charles unsere Gastgeberin geschickt in ein Gespräch verwickelte, um mir hoffentlich etwas Zeit allein mit den Katzen zu verschaffen.

Nachdem er etwa fünf Minuten lang die Innenausstattung des Airstreams bewundert hatte, meinte er: „Ich wette, dieses Baby hat einen riesigen Laderaum".

Sharon biss sofort an. „Und was für einen! Komm mit, ich zeige ihn dir."

Mein Freund drehte sich mit hochgezogenen Augenbrauen zu mir um. Ich lachte und winkte ihm zu. „Geh ruhig. Du weißt, diese technischen Sachen interessieren mich sowieso nicht sonderlich. Octocat und ich bleiben hier bei Chester. Vielleicht können wir uns ein bisschen besser kennenlernen."

Sobald sich die Tür hinter ihnen geschlossen hatte, stupste ich den weißen Kater behutsam an. „Chester, Chester. Entschuldige, dass ich dich störe, aber wir würden gerne mit dir reden."

Er blinzelte und öffnete langsam seine blauen Augen. „Ich glaube, ich träume", murmelte er vor sich hin. „Ich könnte schwören, dass da gerade ein Mensch mit mir gesprochen hat. Seltsam." Er schnaufte und rollte sich wieder zusammen.

„Das war kein Traum", rief Octocat und baute sich dicht vor ihm auf. „Das ist mein Mensch, Angela, und sie ist etwas Besonderes. Sie kann tatsächlich mit Tieren reden."

Chester hob leicht den Kopf, wirkte jedoch unbeeindruckt. Da ich nicht wusste, wie lange es Charles gelingen würde, Sharon draußen abzulenken, kam ich gleich zur Sache. „Chester, heute ist ein Mord geschehen, und ich frage mich, ob du etwas darüber weißt."

„Nein, ich schaue mir diese brutalen Sendungen nicht an", brummte er und richtete den Blick auf den Fernseher an der Wand gegenüber, der nach wie vor auf den Naturkanal eingestellt war. „Sharon meint, die hätten einen schlechten Einfluss auf mich."

„Angie redet nicht vom Fernsehen, sondern vom wahren Leben", sagte Octocat abfällig, der nie genug von diversen Crime-Formaten bekommen konnte und als Film- und Fernsehjunkie oft stundenlang vor der Flimmerkiste hockte. Das heißt, wenn er nicht gerade schlief, aß oder lächerliche Dinge von mir verlangte.

„Wer wurde denn ermordet? Sharon jedenfalls nicht." Chester gähnte und leckte über seine Pfote.

Ich seufzte. „Nein, nein, nicht Sharon. Sie ist nur mal kurz rausgegangen. Das Mordopfer heißt Junetta. Sie ist die Leiterin dieses Campingplatzes."

Chester beobachtete im Fernsehen einen Vogel, der seine Jungen fütterte. „Welcher Campingplatz?", fragte er geistesabwesend.

„Dieser hier", zischte Octocat. „Sag mal, kann es sein, dass du uns gar nicht richtig zuhörst?"

„Ich höre zu", murmelte der weiße Kater. „Aber wo sind wir denn hier? Sorry, ich erinnere mich gerade nicht mehr. Sharon und ich tingeln so viel durch die Gegend, dass es mir schwerfällt, den Überblick zu behalten, wo wir uns im Moment befinden."

„Katahdin", teilte ich ihm mit.

„Nein, ich kenne niemanden mit diesem Namen. Ich darf den Wohnwagen auch nicht verlassen", erklärte Chester, was er offensichtlich auch völlig missverstanden hatte. „Die einzigen Leute, denen ich begegne, sind die, die zu uns hereinkommen. So wie ihr, zum Beispiel."

Ich beschloss, es mit einer anderen Taktik zu versuchen. „Sharon hat heute einen Kuchen gebacken. Hast du gesehen, ob sie etwas Besonderes hineingetan hat?"

Er zuckte die Achseln. „Das Übliche. Butter, Eier, Mehl, Beeren. Warum interessierst du dich für ihren Kuchen? Er ist nicht sonderlich gut. Von den Menschen, die ihn probiert haben, hat er jedenfalls noch niemanden vom Hocker gerissen."

„Hast du ...?", begann ich, doch dann schwang die Tür auf und Sharons kräftige Stimme erfüllte den Raum.

„Also, wenn ihr euch dafür entscheiden solltet, euch auch so ein Wahnsinnsding zuzulegen, nennt meinen Namen. Vielleicht bekommt ihr dann ein Sonderangebot."

„Das machen wir", versprach Charles, nahm eine Visitenkarte von ihr entgegen und steckte sie behutsam in seine Brieftasche.

„Alles in Ordnung bei euch?", fragte er dann, als er mich mit den beiden Katzen auf der Couch entdeckte.

„Alles bestens", erwiderte ich mit einem zuckersüßen Lächeln, obwohl ich mich eigentlich überhaupt nicht so fühlte, ganz im Gegenteil. Wir wussten nach wie vor nicht, ob Sharon die Täterin war, und ich bezweifelte, dass ich jemals irgendeinen hilfreichen Hinweis aus Chester herausbekäme, selbst wenn ich noch die ganze Nacht mit ihm redete.

Der Gute würde sich ganz schön umschauen, wenn die Dreharbeiten zu seiner Reality-Show begannen. Irgendetwas sagte mir, dass die Produzenten nicht glücklich darüber sein würden, eine faule Katze zu filmen, die den ganzen Tag schläft.

Und ich hatte immer gedacht, Octocat sei verwöhnt!

17

„Mist, das hat uns null weitergebracht", seufzte ich auf dem Rückweg zu unserem Wohnmobil.

Charles ergriff meine Hand und zog mich an seine Seite. „Die Polizei ist an der Sache dran. Früher oder später wird sich alles aufklären. Warum versuchen wir nicht einfach, uns den restlichen Abend zu entspannen?"

Eine reizvolle Idee. „Meine Entspannung ist schon seit Stunden dahin. Außerdem, wenn die Polizei noch hier ist, könnten sie zurückkommen und uns weiter verhören."

„Hey, lass uns nicht über ungelegten Eiern brüten", sagte er leise. „Schau mal, wir haben uns beide schick gemacht und ohnehin keinen anderen

Ort, wo wir hinkönnten, also machen wir uns jetzt ein schickes Essen im Wohnmobil und genießen den gemeinsamen Abend. Es ist noch nicht zu spät für ein bisschen Urlaubs-Feeling."

Ich blinzelte in den dämmrigen Himmel hinauf. Es war wirklich ein langer, anstrengender Tag gewesen. „Können wir den Film von gestern Abend zu Ende gucken?", fragte ich und schmunzelte beim Gedanken an die fröhlichen kleinen Zeichentrickfiguren.

Charles atmete hörbar ein. „Och, schon wieder? Den hatten wir doch zu Ende geguckt."

Ich tippte ihm demonstrativ mit dem Zeigefinger auf die Brust. „Du vielleicht, ich bin eingepennt."

Er lachte. „Und woher willst du wissen, dass du nicht wieder einschläfst?", feixte er, doch gleich nachdem wir zurück im Womo waren, stellte er den Film für mich an.

Und, ja, Charles sollte recht behalten: Ich nickte ziemlich schnell ein. Er weckte mich, als er das Abendessen fertig hatte. Danach schauten wir gemeinsam noch etwas weiter, dann schlief ich wieder ein.

Charles musste mich ins Bett getragen haben, denn dort lag ich, als ich von einem keckernden

Waschbären geweckt wurde, der meinen Bauch als Trampolin benutzte.

„Pringle", stöhnte ich genervt. „Geh runter von mir!"

„Hey, Lady. Ich habe den Mord aufgeklärt", stieß er hervor und fuchtelte mir mit den Pfoten vor der Nase herum. „Komm mit! Ich erzähle dir alles, dann kannst du weiterpennen, ich schwöre es."

Mein Blick wanderte zu Charles hinüber, der friedlich schlief, und mich überkam ein warmer Schauer. O Himmel, wie sehr liebte ich diesen Mann! Er hatte diese ganzen tierisch verrückten Ereignisse, in die ich ihn immer wieder mit hineinzog, nicht verdient. Doch was würde ich ohne ihn tun? Er war einfach mein Fels in der Brandung.

„Ich hoffe, es geht schnell", murmelte ich, schnappte mir meinen Bademantel und zog ihn so fest es ging um mich. Dann schlüpfte ich mit nackten Füßen in meine Turnschuhe und folgte dem Waschbären nach draußen in die sternenklare Nacht.

Hier und da brannte in den Fahrzeugen noch Licht, doch davon abgesehen lag der Campingplatz in völliger Dunkelheit. Zum Glück hatte ich es mir längst zur Gewohnheit gemacht, nie ohne Handy aus dem Haus zu gehen. So konnte ich mithilfe der

Taschenlampen-App zumindest erkennen, wo ich hintrat.

„Wo willst du hin?", rief ich Pringle hinterher, der eilig voraushoppelte.

„Wir sind bald da", gab er zurück und beschleunigte sein Tempo.

Trotz mehrfacher Nachfragen erhielt ich keine Erklärung, und so setzten wir unsere Nachtwanderung schweigend fort, bis wir nach einer Weile eine große Lichtung am Wald erreichten, wo ein halbes Dutzend Picknicktische stand.

„Es ist okay. Du kannst jetzt rauskommen!", rief Pringle in die Nacht hinein.

Ich leuchtete mit meinem Handy in Richtung der Bäume und erkannte den Schemen eines imposanten Grizzlybären, der sich auf uns zu bewegte.

Oje! Der Mord an Junetta hatte mich so sehr beschäftigt, dass mir die arme Gloria und ihre Bitte um Hilfe komplett durchgegangen war. Ich holte tief Luft, um mich gleich bei ihr zu entschuldigen, doch in diesem Augenblick ertönte ein lauter Schuss, und eine Kugel schlug einige Meter neben Gloria in einen dicken Baumstamm ein.

Ich fuhr mit meiner Lampe herum und erblickte einen Mann, wahrscheinlich um die sechzig, der eine rauchendes Jagdflinte in der Hand hielt. „Zurück!", schrie er. „Da vorne läuft ein Grizzly frei herum! Der ist gefährlich!"

„Keine Sorge, es ist alles in Ordnung!", rief ich und hob die Arme über den Kopf, um ihm zu zeigen, dass von mir keine Bedrohung ausging. „Diese Bärin ist nicht gefährlich. Sie läuft hier frei herum, weil es ihr Zuhause ist."

Im Stillen betete ich, dass Gloria und Pringle sich ein sicheres Versteck suchen würden, während ich versuchen würde, diesen bewaffneten Wahnsinnigen, der mir nun immer mehr auf die Pelle rückte, zur Vernunft zu bringen.

„Warum tragen Sie eine Waffe? Dies ist ein geschützter Naturpark", stellte ich ihn mit forscher Stimme zur Rede.

„Zur Sicherheit und vielleicht aus Rache", knurrte er zurück. „Wer sind Sie?"

Oh-oh. Das gefiel mir überhaupt nicht. Dennoch gab ich mein Bestes, ruhig zu bleiben. „Mein Name ist Angie. Mein Freund und ich verbringen das Wochenende hier auf dem Campingplatz. Wir sind heute erst angekommen. Und wer sind Sie?"

„Carl. Ich bin sofort hergekommen, als ich von Junettas Tod erfuhr. Ich habe sie geliebt, wissen Sie? Und wer auch immer sie getötet hat, wird dafür büßen."

Carl musste der Ex-Mann sein, den Sharon erwähnt hatte, der Verrückte, der weiterhin von Zeit zu Zeit auftauchte, um sie zurückzugewinnen.

„Okay, Carl." Ich hielt inne und fuhr mir mit der Zunge über die Lippen, die sich plötzlich sehr trocken anfühlten. „Auch ich will Gerechtigkeit für Junetta", fuhr ich fort. „Ich bin diejenige, die ihre Leiche entdeckt hat."

Ich rechnete damit, dass er mich jetzt anbrüllen und nach Antworten verlangen oder mich gar bedrohen würde, aber stattdessen stieß er einen erstickten Schrei aus und sank auf die Knie.

Dabei ließ er die Waffe fallen, die neben seinen Füßen aufschlug, glücklicherweise aber nicht losging. Ich schnappte sie mir und sah betreten zu, wie er sich die Seele aus dem Leib heulte. Tausend Fragen schwirrten mir durch den Kopf. Zum Beispiel, warum Pringle mich hierhergebracht und was Gloria damit zu tun hatte. An einer Sache hatte ich jedoch keinen Zweifel: Der bitterlich schluchzende Mann vor mir konnte unmöglich der Täter sein. Er war über den Tod seiner Ex ganz offensichtlich total erschüttert.

Als Carls Schluchzen verebbte, hörte ich das Wispern von Pringle und Gloria, das aus dem nahen Wald drang.

„Der Kerl hat den explodierenden Blitz mitgebracht", flüsterte Gloria verzweifelt. „Er hat versucht, ihn auf mich zu richten. Wenn ich sterbe, werden meine Jungen es nicht allein schaffen. Bitte, Pringle, du musst uns helfen. Es ist so gefährlich hier, aber wo sollen wir denn sonst hin?"

„Entspann dich, Lady", sagte der Waschbär mit dem für ihn typischen Mangel an Einfühlungsvermögen. „Ich und meine menschliche Gehilfin haben alles im Griff, wir stehen kurz davor, das Ding zu knacken. Dir und den Kleinen wird nichts passieren. Waschbär-Ehrenwort."

Ich schaute zu Carl hinüber, um festzustellen, ob er von den Tierlauten etwas mitbekommen hatte, aber er war so in seine Trauer vertieft, dass er selbst mich nicht mehr richtig wahrzunehmen schien.

Also wagte ich mich in den Wald vor, mit dem Gewehr fest im Arm. Leise schlich ich zwischen den Bäumen hindurch. Das Handylicht hatte ich ausgeschaltet, sodass ich mich auf meine anderen Sinne verlassen musste, um mich zu orientieren.

„Pringle? Gloria?", flüsterte ich und wäre beinahe über einen herumliegenden Ast gestolpert.

„Hier drüben", antwortete er in unmittelbarer Nähe.

„Ich kann nichts sehen", raunte ich zurück. „Kannst du zu mir kommen?"

„Ich bin hier", näselte Pringle, den ich ein paar Meter von mir entfernt als kleine, dunkle Gestalt ausmachen konnte. „Aber die Bärin ist zurück zu ihren Kleinen gelaufen."

„Was ist hier los? Sagtest du nicht, du hättest den Mord aufgeklärt?"

Er gab ein Schnauben von sich. „Tja also, ich dachte, ich hätte den Fall gelöst, aber jetzt habe ich so ein blödes Gefühl, dass irgendetwas an meiner Theorie nicht stimmt."

„Und wie sah deine Theorie aus?", hakte ich nach.

„Als wir Gloria zum ersten Mal trafen, erzählte sie uns doch, dass der Vater ihrer Jungen versucht habe, ihre Babys zu töten, und dass sie deswegen geflüchtet sei. Da dachte ich mir, dass ein Kerl, der seine eigenen Kinder tötet, bestimmt auch dazu fähig wäre, einen Menschen umzubringen", sagte er. Es war zu dunkel, um Pringles Mimik und Gestik zu erkennen, aber wahrscheinlich machte er gerade ausladende Bewegungen, um die Brillanz seiner Vermutung zu unterstreichen. Ich für meinen Teil hielt sie für vollkommen abwegig.

„Aber das macht doch keinen Sinn", seufzte ich.

„Natürlich macht das Sinn", entgegnete er gekränkt.

Ich fand es zwar toll, dass er helfen wollte, aber immerhin wären wir eben beinahe erschossen worden, oder zumindest einer von uns. Offenbar war ihm der Ernst der Situation überhaupt nicht bewusst.

„Junetta ist an einem vergifteten Kuchen gestorben", erinnerte ich ihn mit einem Seufzer. „Kennst du irgendwelche Bären, die backen können?"

„Hey, ich könnte backen, wenn ich wollte."

„Mag sein, aber hast du es schon mal versucht? Und außerdem lebst du nicht hier in diesem Park. Warum wolltest du mich eigentlich unbedingt hierherführen?"

„Ich wollte es dir und Gloria gleichzeitig sagen. Ich dachte, ich könnte auf diese Weise meinen zweiten Lachs bekommen und gleichzeitig Partner in der Detektei werden." Er klang jetzt sehr betreten, weshalb ich mir den Kommentar verkniff, der mir auf der Zunge lag, nämlich, dass er es sich abschminken konnte, in naher Zukunft in Octocats und meine Firma einzusteigen.

„Du hast Gloria also gesagt, sie soll uns hier treffen?", erkundigte ich mich.

„Ja. Ja, das habe ich. Ich musste dich nur erst holen."

Jetzt, wo ich den Schock über die Begegnung mit Carl halbwegs überwunden hatte, wurde mir etwas Wichtiges klar. „Ich habe mitbekommen, wie ihr beide über explodierende Blitze gesprochen habt. Gloria meinte damit überhaupt keine Feuerwerkskörper, wie ich bislang angenommen hatte, sondern Schusswaffen. Es scheint hier in der Gegend illegale Jäger zu geben. Vielleicht hatte Junetta das ja herausgefunden und wollte der Wilderei ein Ende setzen. Und ich vermute, dass das irgendjemanden nicht gepasst hat."

„Ja, das klingt irgendwie einleuchtend", stimmte Pringle zu.

Plötzlich hatte ich das Gefühl, dass wir der Lösung des Rätsels auf der Spur waren. Wir könnten es immer noch schaffen!

„Pringle, ich brauche jetzt mal deine Spürnase", sagte ich und hoffte, dass ich es später nicht bereuen würde. „Meinst du, du könntest mir helfen, diesen Fall zu lösen?"

Er baute sich vor mir auf, gab ein merkwürdiges Brummen von sich und ließ die Muskeln an seinen Ärmchen spielen, dann rief er: „Aber klaro, los geht's, Honey!"

18

Als ich zum Picknickplatz zurückkam, war Carl nicht mehr da. *Verflixt noch mal.* Ich hatte ihm noch ein paar Fragen stellen wollen, was ich nun wohl oder übel vertagen musste.

Pringle hatte sich auf den Weg Gloria gemacht, um ihr unseren Plan zu erklären und ihr zu versprechen, dass wir etwas gegen die Wilderei unternehmen würden, sobald wir einen eindeutigen Hinweis gefunden hatten. Sehr zu seinem Leidwesen bestand ich darauf, dass wir dafür keine weitere Gegenleistung verlangen würden, weil ich es als Selbstverständlichkeit empfand, den Tieren des Parks zu helfen.

Während er sich darum kümmerte, setzte ich mich an einen der Picknicktische, legte das Gewehr darauf ab, und rief Charles an, um ihm zu berichten, was passiert war und was wir als Nächstes vorhatten.

Glücklicherweise mochte Pringle Waffen – auch wenn sich seine Erfahrung damit auf seine Spielzeug-Nerf-Guns beschränkte. Trotzdem war er begeistert von dem Plan, den ich mir überlegt hatte, und wollte sofort loslegen. Und wenn ich in meiner Zeit als Tierflüsterin etwas über die Arbeit mit Tieren gelernt hatte, dann, dass man die besten Ergebnisse immer dann erzielte, wenn man sie dazu brachte, ihr natürliches Verhalten auszuleben. Und der Waschbär liebte es einfach, herumzuspionieren und Geheimnissen auf die Spur zu kommen. Das beste Beispiel dafür war sein Ausflug in das Nachbarwohnmobil, den er am Nachmittag heimlich unternommen hatte, als er sich unbeobachtet fühlte. Und das hatte mich nun auf eine zündende Idee gebracht.

Als ich ihn fragte, ob er Lust habe, damit weiterzumachen, war er Feuer und Flamme. Seine Aufgabe bestand darin, in alle auf dem Gelände geparkten Reisemobile einzusteigen und nach Gewehren oder anderen Jagdutensilien Ausschau zu halten. Sobald wir herausgefunden hätten, wer alles an den illegalen Machenschaften mutmaßlich beteiligt war, ließe sich die Liste der Verdächtigen eingrenzen.

Zuerst musste er jedoch Junettas Wohnwagen

einen kurzen Besuch abstatten und das Terminbuch finden, das Charles der Polizei gegenüber erwähnt hatte. Sie hatte darin unsere Namen und Aufenthaltsdauer notiert, was sie daher wahrscheinlich auch bei allen anderen Campern so gehandhabt hatte.

Pringle erledigte diese erste Aufgabe mit Bravour. Schon nach kurzer Zeit kehrte er mit dem Terminbuch zu unserem Womo zurück und reichte es Charles und mir, wobei er sogar darauf achtete, dass er es für uns auf die richtige Seite blätterte, damit wir nicht unsere Fingerabdrücke darauf hinterließen.

„Charles", sagte ich, nachdem ich es einige Minuten lang studiert hatte. „Weißt du noch, wie die Frau hieß, die mich beschuldigt hat, Junetta getötet zu haben?"

Er dachte einen Moment lang nach. „Sie hat uns ihren Namen nicht gesagt, aber die Polizeibeamten nannten sie Miss Stevens."

Ich nickte, weil ich mich jetzt auch wieder daran erinnerte. „Sie steht nicht hier drin", sagte ich und kaute auf der Unterlippe.

Charles las sich jede Zeile durch und murmelte dabei vor sich hin. „Du hast recht. Was schließt du daraus?"

„Octocat", rief ich. „Komm her. Wir brauchen mal kurz deine Hilfe."

Er stöhnte, stand aber auf und hüpfte auf den Tisch. „Was kann ich für Sie tun, Eure Majestät?"

„Kannst du mal für uns umblättern?", bat ich ihn, ohne auf seine spöttische Anrede einzugehen. „Eine Seite zurück bitte."

„Clever", sagte Charles und stupste mich sanft mit der Faust gegen die Schulter. „Keine Fingerabdrücke."

Octocat hatte zwar Mühe, das mit seinen tapsigen Pfoten zu bewerkstelligen, schaffte es aber schließlich. Ich ging alle Buchungen durch, fand jedoch immer noch keinen Hinweis auf Miss Stevens.

„Eine weiter zurück, bitte", bat ich meinen Kater.

Wir mussten das noch dreimal wiederholen, bis wir endlich einen Eintrag für eine Miss Sara Stevens fanden. Dieser lag lange zurück und war zudem in einer anderen Handschrift geschrieben. Ob Junetta zu dem Zeitpunkt noch gar nicht hier gewesen war? Sehr merkwürdig.

Charles zückte sein Handy und öffnete die Notizen-App. „Ich erstelle eine Liste", sagte er, während er eifrig zu tippen begann. „Ich schreibe mir alle Stellplatznummern und das Datum des letzten Check-ins auf."

Währenddessen notierte ich mir alle Namen, die mehrfach auftauchten, um die regelmäßigen Besucher des Platzes zu identifizieren, beispielsweise Leute wie Sharon.

Octocat half uns, die Seiten umzublättern, allerdings mussten wir ihm dafür mehrere Dosen Thunfisch, Hummerbrötchen und Garnelenspieße in Aussicht stellen.

Als Pringle zurückkehrte, wirkte er völlig erschöpft. Ich schenkte ihm eine Schale Wasser ein und nahm mir vor, zu warten, bis er sich ein wenig erholt hatte.

„Und?", fragte ich nach einer Weile gespannt, da er keine Anstalten machte, uns mitzuteilen, was er herausgefunden hatte.

„Zweiundzwanzig Wohnmobile", japste er und holte tief und dramatisch Luft, obwohl ich ihm wirklich eine lange Verschnaufpause gegönnt hatte. „In siebzehn konnte ich mich hineinschleichen. In vieren davon befanden sich Gewehre und in zweien Handfeuerwaffen."

„Weißt du noch, in welchen?", fragte ich, nachdem ich diese Information an Charles weitergegeben hatte.

„Ob ich das noch weiß?", keifte er. „Natürlich weiß ich das!"

„Dann zeig sie mir."

Der Waschbär wuselte los und berichtete mir, was

er in den einzelnen Fahrzeugen gefunden hatte und welche er nicht öffnen konnte. Ich kam kaum hinterher und feuerte zig Textnachrichten an Charles ab, damit er die neuen Infos über die Waffenbesitzer mit seiner Buchungsliste vergleichen konnte.

Als Pringle sich dem Ende der Reihe näherte, deutete ich auf den silber-türkisen Airstream von Sara Stevens. „Was ist mit dem hier? War da eine Waffe drin?"

„Das nicht, aber jede Menge Munition. Ich habe auch Wanderkarten gefunden, auf denen die Wege rot markiert waren", teilte er mir mit. Ohne es zu wissen, hatte er uns damit wahrscheinlich einen entscheidenden Hinweis geliefert.

In diesem Moment flog die Tür des Caravans auf, und Sara Stevens trat in einem Bademantel heraus, der dem meinen nicht unähnlich war. „Was machst du hier?", schrie sie und zeigte erst auf mich und dann auf Pringle. „Und was ist das für ein Vieh?"

Daraufhin öffnete sich die Tür eines anderen Reisemobils, und ein Mann und eine Frau in identischen Flanell-Schlafanzügen stiegen aus.

„Lauf und hol Charles", murmelte ich Pringle an meiner Seite zu.

Er salutierte, dann huschte er davon.

„Hat es dir die Sprache verschlagen?", kreischte

sie, und ich konnte die Zornesröte in ihrem Gesicht erahnen. „Gut, dann rufe ich jetzt die Bullen. Ich bin mir sicher, sie werden begeistert sein, wieder rauszukommen, nachdem sie den halben Tag hier verbringen mussten." Sie zog ihr Telefon hervor.

„Das reicht, Sara", mischte sich plötzlich eine Männerstimme direkt hinter mir ein. „Das hier ist ein öffentlicher Campingplatz, nicht dein Privatgrundstück."

Sara stellte sich auf die Zehenspitzen, um zu sehen, wer da mit ihr sprach, schaffte es jedoch nicht, da ich ihr die Sicht versperrte.

„Bist du das, Carl?", rief sie. „Lass dich von ihrem hübschen Gesicht nicht täuschen. Diese Frau hat Junetta ermordet, kaltblütig ermordet!"

Oh, sie fand mich also hübsch. Na, vielen Dank für die Blumen. Nicht dass ich sie deshalb weniger verachtete.

Sara schien eine Nummer zu wählen und brüllte Sekunden später in ihr Handy: „Hallo, hören Sie, die gesuchte Mörderin schleicht hier vor meinem Wohnwagen herum. Kommen Sie schnell und verhaften Sie sie."

„Komisch, soweit ich weiß, ist Angie heute erst hier angekommen", meldete sich Carl erneut zu Wort.

Sara beendete das Gespräch mit einem Schnauben und steckte ihr Telefon zurück in die Tasche ihres Bademantels. „Ja, und eine Stunde später war Junetta tot. Das kann ja wohl kein Zufall gewesen sein."

„Ich habe sie nicht umgebracht", beteuerte ich zum gefühlt hundertsten Mal. Diesmal richtete sich mein Unschuldsbekenntnis vor allem an die anderen Camper, die inzwischen herausgekommen waren, weil sie dieses Spektakel anscheinend nicht verpassen wollten. „Jemand hat sie mit einem Kuchen vergiftet, und ich habe keine Ahnung vom Backen."

Ein Keuchen ertönte auf der anderen Seite des Weges. „Mit meinem Kuchen?", rief Sharon entsetzt und kam zu uns herangestapft. „Ich backe mit Liebe, und nur mit Liebe, das ist meine geheime Zutat. Aber doch kein Gift. Niemals!"

Hinter Sharon entdeckte ich Charles, der sich eiligen Schrittes näherte. Das gab mir den nötigen Mut, meine Theorie vor aller Augen klarzulegen.

„Der Kuchen war nicht vergiftet, als du ihn ihr gebracht hast", sagte ich mit fester Stimme zu Sharon und heftete meinen Blick dann auf Sara Stevens. „Jemand hat nachträglich etwas hineingegeben, eine Person, die schon seit längerer Zeit hier ist und genau wusste, dass Junettas Tür immer allen offenstand."

Ich hielt inne, um die Reaktion der anderen abzuschätzen, aber alle starrten mich bloß wie gebannt an, ohne einen Ton von sich zu geben. Charles hatte sich neben mich gestellt, und ich war dankbar für seine stille Unterstützung.

Und so fuhr ich fort: „Die arme Frau wurde kaltblütig ermordet. Und zwar, weil sie dieser Person im Weg stand. Soviel ich weiß, hatte Junetta noch nicht viel Erfahrung als Campingplatzleiterin und Parkaufsicht, aber sie bemühte sich, alles im Blick zu behalten. Und vor Kurzem hatte sie von einem illegalen Jagdring Wind bekommen, der heimlich direkt von hier aus operierte. Sie nahm sich vor, dem ein Ende zu setzen und dafür zu sorgen, dass die Täter zur Rechenschaft gezogen werden. Aber man brachte sie zum Schweigen, bevor sie etwas sagen konnte."

„Sie wusste es", jammerte Carl mit brüchiger Stimme und ließ den Kopf hängen. „Die ganze Zeit über wusste sie es. Oh! Das ist alles meine Schuld!"

„Du gibst es also zu!", rief Sara und zeigte auf ihn. „Dreckiger Abschaum, kein Wunder, dass Junetta dich verlassen hat."

„Nein, nein, das war ich nicht. Ich hätte sie niemals ..." Er führte den Satz nicht zu Ende, da er auf einmal ins Schwanken geriet und rückwärts stolperte.

Sara nutzte seinen schwachen Moment aus und stürzte sich auf ihn. „Du hast sie getötet, jetzt ist mir das völlig klar. Du konntest sie nicht haben, also hast du dafür gesorgt, dass auch niemand sie haben durfte."

„Als Junetta herausfand, dass ich regelmäßig hierherkam, um illegal auf die Jagd zu gehen, war sie sehr verärgert. Das war der Anfang vom Ende für uns."

„Du warst oft hier, um zu jagen?", fragte ich, obwohl ich seine Antwort bereits erahnte.

Carl sah zu mir auf. „Ja, ich war in den letzten Jahren oft hier. Die Tiere in diesem Park sind das nicht so gewohnt, sie rechnen nicht damit und sind deshalb leichte Beute. Manchmal nahm ich Junetta mit auf meine Trips hierher, aber dann habe ich mich nachts, wenn sie schlief, rausgeschlichen und ihr nie gesagt, was ich da draußen tat. Ich glaube, deshalb hat sie sich nach der Scheidung auch entschieden, diesen Job anzunehmen. Sie dachte wohl, nur ich würde hier wildern. Sie wusste nicht, dass es noch mehr von uns gab, und auch nicht, wer dafür gesorgt hatte, dass die örtliche Polizei nichts davon mitbekam."

„Wer war dafür verantwortlich, Carl?", fragte ich. „Wer hat das alles eingefädelt?"

Er ignorierte mich. „Sie war deine Freundin!", schrie er stattdessen Sara an. „Warum hast du das getan?"

Die Beschuldigte trat einen großen Schritt zurück. „Ich … ich weiß nicht, wovon du redest."

„Es ist leicht, anderen die Schuld zu geben, wenn man selbst etwas zu verbergen hat", sagte ich und ging auf die mutmaßliche Killerin zu, die sich wie ein in die Enge getriebenes Tier an ihren Wohnwagen drückte.

„Du kannst mir nichts beweisen", fauchte sie mich an.

„Oh, aber ich", mischte sich Carl ein, holte sein Handy heraus und wedelte damit herum. „Ich habe über jede Jagd Buch geführt, mit Namen und allem. Du stehst da überall mit drin. Es dürfte nicht schwierig sein, dir das zu beweisen, vor allem, weil ich dich letztens in dem Laden gesehen habe, wo ich immer meine Munition besorge. Als ich hörte, dass Junetta vergiftet wurde, habe ich meinen Bekannten angerufen, der dort arbeitet, und der hat mir bestätigt, dass du an dem Tag ein Unkrautvernichtungsmittel gekauft hast – eines, dass für Menschen hochgiftig ist."

„Verpiss dich! Das ist mein Zuhause, und du hast hier nichts verloren!", kreischte Sara, die nun völlig durchdrehte.

„Du kommst in den Knast. Und ich hoffe für Junetta, dass du darin verrottest", zischte Carl.

Indessen waren immer mehr Camper, die das Geschrei gehört hatten, zusammengelaufen, um zu sehen, was sich vor ihrer Tür abspielte. Kurze Zeit später traf die Polizei ein, die die hysterische Mörderin ja selbst gerufen hatte – so etwas erlebten die Beamten sicher auch nicht alle Tage.

19

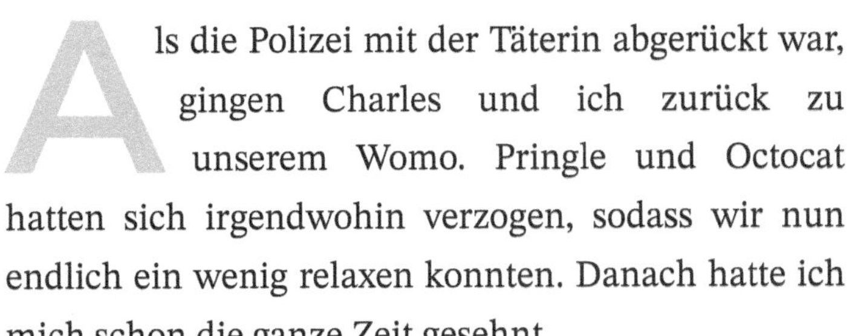

Als die Polizei mit der Täterin abgerückt war, gingen Charles und ich zurück zu unserem Womo. Pringle und Octocat hatten sich irgendwohin verzogen, sodass wir nun endlich ein wenig relaxen konnten. Danach hatte ich mich schon die ganze Zeit gesehnt.

Am nächsten Morgen schliefen wir lange aus und aßen uns dann im Bett durch einen riesigen Stapel unordentlich gebratener Pancakes mit Ahornsirup. Was für ein unvergleichliches Glücksgefühl!

„Wenn wir einfach im Bett bleiben, kann niemand unseren Entspannungsmodus stören", überlegte ich, und Charles nickte begeistert.

„Ich habe immer noch ein schlechtes Gewissen,

weil ich dich den ganzen Weg hierhergeschleppt habe, nur für das schlimmste Wochenende aller Zeiten", sagte er mit betrübter Miene und zog die Stirn in Falten.

Ich schob das letzte Stück Pfannkuchen an den Rand meines Tellers, um es mir mitsamt dem restlichen Sirup in den Mund rutschen zu lassen, und seufzte ob dieses himmlischen Vergnügens. „Das war ein ziemlich mieser Freitag", stimmte ich ihm zu, „aber aus dem Wochenende könnte noch was werden."

Octocat, der eingerollt am Fußende lag, hob den Kopf und meinte: „Das Leben mit Angela ist oft nervig, aber nie langweilig."

Ich beschloss, das für Charles nicht zu übersetzen.

„Hey, sollen wir nachher den Lachs grillen?", fragte mein Freund lachend.

„Machst du Witze? Der liegt doch seit gestern draußen. Das Ding ist wahrscheinlich schon von Maden zerfressen."

„Um den Lachs habe ich mich bereits gekümmert", verkündete Pringle, der mit einer Pfote am Türrahmen lehnte. „Tut mir leid. Ich weiß, eigentlich solltest du ihn haben, weil ich euer Picknick ruiniert

habe und mich dafür entschuldigen wollte, aber ...
Ich war einfach so hungrig nach dieser ganzen Spionageaktion, um die du mich gebeten hast. Du weißt ja, wie das ist."

Ich nickte und stellte meinen blankgeleckten Teller neben mir auf dem Bett ab. „Das ist schon in Ordnung. Wir hätten ihn sowieso nicht gegessen."

Pringle senkte den Blick, griff nach seiner bauschigen Schwanzspitze und begann, diese nervös durchzukämmen. „Na gut, aber ich habe immer noch ... ich weiß nicht ... so ein blödes Gefühl im Bauch. Es ist seltsam."

„Dieses Gefühl nennt sich schlechtes Gewissen", erwiderte ich mit einem schiefen Grinsen. „Du hast Bauchweh, weil du uns das Picknick verdorben hast, aber es ist jetzt gut, ja? Ich bin dir nicht mehr böse."

„Wenn du mir nicht mehr böse bist, warum habe ich das dann immer noch? Wie kann ich es abstellen?" Er verzog das Gesicht und fing an, seinen Schwanz zu drehen, wie ich es manchmal mit einer Haarsträhne tat.

„Wirklich, es ist ...“

„Oh, ich hab's!", rief er plötzlich, drehte sich um und rannte los. Als er zurückkam, sprang er auf das Bett und kletterte auf meinen Schoß. Mit seiner kleinen, schwarzen Faust hielt er etwas fest umschlossen, aber ich konnte nicht erkennen, was es war.

„Ich habe dieses blödes Gefühl schon seit einiger Zeit, und ich glaube, es hat angefangen, nachdem Chucky und ich den Möwen geholfen haben", sagte er und zeigte mit der freien Hand auf Charles.

Ich war definitiv nicht damit einverstanden, dass Pringle meinen Freund nach jener dämonischen Mörderpuppe benannte, aber da er uns anscheinend gerade sein Herz ausschütten wollte, ließ ich es durchgehen.

Stattdessen fragte ich: „Was war denn mit den Möwen?"

„Also, das lief eigentlich alles super. Aber Charles hat genauso geholfen, diesen Fall aufzuklären wie ich, und als wir die Bezahlung für unsere Unterstützung von den Möwen erhielten, habe ich nicht mit ihm geteilt. Ich dachte erst, das wäre nur gerecht so, doch es fühlt sich einfach nicht gut an – ich hasse es. Deswegen ..." Er öffnete seine Finger und enthüllte einen Ring mit einem funkelnden Diamantsolitär.

Ich schnappte völlig überrumpelt nach Luft. „Was? Woher hast du den denn?"

„Die Möwen haben ihn uns geschenkt, weißt du nicht mehr? Ich nehme ihn überall mit hin, denn er ist einer meiner größten Schätze."

„Du hast ihn also mit ins Wohnmobil genommen? Wo hattest du ihn versteckt?" Suchend blickte ich mich um, jedoch gab es unzählige Möglichkeiten in den vielen Fächern, und überhaupt war unser Gefährt ziemlich vollgestopft.

„Ich verrate dir doch nicht meine besten Geheimverstecke! Vergiss es. Das würde mir erst recht Bauchweh bereiten." Er versuchte, ein breites Lächeln aufzusetzen, was seltsam aussah, da er mir dabei seine vielen scharfen Zähnchen zeigte. „Also verzeihst du mir?"

„Natürlich verzeihe ich dir, Pringle." Ich streckte die Hand aus und streichelte ihm über den Kopf. Zwar mochte er es nicht, von Menschen angefasst zu werden, schließlich war er kein Haustier, aber ich fühlte mich ihm in diesem Moment irgendwie besonders nahe.

Er zuckte bei meiner Berührung zusammen, dann richtete er sich auf und drückte mir den Ring in die Hand. „Hier, nimm ihn. Mach damit, was du willst."

„Ich habe das Gefühl, dass hier gleich etwas eklig Kitschiges passieren wird", brummte Octocat daraufhin und sprang vom Bett. „Wenn ihr mich füttern wollt, ich bin draußen."

Pringle folgte ihm und ließ meinen Freund und mich allein zurück. Wir starrten beide auf den Ring und sagten kein Wort. Urplötzlich lag eine unerträgliche Spannung zwischen uns in der Luft.

Als ich die peinliche Stille nicht mehr ertragen konnte, kicherte ich und scherzte: „Also, heiraten wir jetzt, oder was?"

Doch Charles blieb ernst. Er lächelte nicht einmal. Stattdessen räusperte er sich und stand vom Bett auf.

„Nein, nein, komm zurück. Es tut mir leid!", rief ich ihm bestürzt hinterher. Ich und mein loses Mundwerk. *Wie dumm von mir.*

Er kramte in seinem Gepäck herum, kletterte dann wieder neben mich unter die Decke und streckte mir beide Hände zu Fäusten geballt entgegen. „Such dir eine aus", sagte er.

Ich tippte auf seine rechte Faust, die er langsam öffnete. Zum Vorschein kam eine kleine, dunkle Satinschachtel.

Mein Atem stockte, als ich von dem Ring in meiner Hand auf die Schachtel in seiner blickte. „Charles, ich …"

„Mach sie auf", sagte er mit einem sanften Lächeln und starrte mich so intensiv an, dass er nicht einmal blinzelte … zumindest kam es mir so vor.

Behutsam hob ich den Deckel an und erblickte einen Ring mit einem Diamanten im Prinzess-Schliff, der von kleinen, dicht aneinandergereihten Amethysten umgeben war.

„Ich wollte dich dieses Wochenende fragen. Eigentlich schon bei unserem Picknick, aber dann …" Er seufzte und sah mich mit großen Augen an. „Du kennst ja die Geschichte."

„Fragst du mich hier gerade wirklich, ob …?"

„Ob du mich heiraten willst? Ja." Er richtete sich auf und nahm meine beiden Hände in seine. „So hatte ich es zwar nicht geplant, aber ich liebe dich, Angie Russo, und ich werde dich immer lieben, in guten wie in schlechten Zeiten. Egal, was passiert. Liebst du mich ebenso?"

„Ja, das tue ich", hauchte ich, als er den Ring aus der Schachtel nahm und ihn mir an den Finger steckte. „Und ja, ich will dich heiraten."

Ich wackelte mit den Fingern und freute mich wie eine Schneekönigin. Es fühlte sich wunderbar an, dieses zauberhafte, funkelnde Schmuckstück zu tragen. Dann griff ich nach Charles' Hand und streifte ihm den Ring, den Pringle von den Möwen bekommen hatte, über den kleinen Finger.

„Passt perfekt", sagte ich. „Genau wie wir."

„Genau wie wir", stimmte er zu.

Wir küssten uns zum ersten Mal als verlobtes Paar, dann lehnte ich mich zurück und fragte: „Was hättest du getan, wenn ich die andere Hand gewählt hätte?"

Er musterte mich mit blitzenden Augen und einem verschmitzten Grinsen auf den Lippen. „Hmm, das werden wir wohl nie erfahren", flachste er und küsste mich erneut.

20

Als wir am Sonntagabend wieder zu Hause eintrudelten, stand meine ganze Familie auf der Veranda, um uns zu empfangen.

„Herzlichen Glückwunsch, Mr. und Mrs. Longfellow!", rief Grandma und ließ einen Sektkorken knallen.

„Ich habe einen neuen Papa!", bellte ihre Chihuahua-Hündin Paisley fröhlich.

Meine Mutter und mein Vater eilten die Treppe hinunter und umarmten und gratulierten uns überschwänglich.

Octocat hüpfte aus dem Wohnmobil und stöhnte. „Jetzt verratet mir bitte mal, warum ihr dachtet, es sei eine gute Idee, eine Katze auf einen Campingausflug mitzunehmen?"

„Das war doch nicht *unsere* Idee", murmelte ich und verdrehte die Augen. Bei meinem Glück würde er mir das wahrscheinlich noch monatelang aufs Brot schmieren – dabei war es nun wirklich nicht meine Schuld gewesen.

„Ich habe dich vermisst, Octavius!", quietschte Paisley und gab ihm einige Küsschen.

„Geh weg, du verrücktes Huhn", schimpfte er.

Daraufhin drückte sie ihn zu Boden und leckte ihm sorgfältig die Ohrmuscheln sauber.

„Okay, okay. Du hast mir auch gefehlt, du kleine Schlawinerin", brummte mein Kater und hörte sogar auf, sich gegen Paisleys Kussattacken zu wehren.

Während alle amüsiert die Begrüßungszeremonie der beiden Vierbeiner verfolgten, verließ der Waschbär das Wohnmobil auf demselben Weg, auf dem er es ursprünglich betreten hatte, nämlich durch den oberen Lüftungsschacht des Badezimmers. „Wenn mich jemand braucht, ich bin in meinem Baumhaus und werde mit dem dritten Durchlauf aller Staffeln von *Survivor* beginnen. Ich brauche jetzt ganz dringend eine große Dosis Reality-TV."

Ich wandte mich von meinen Eltern ab und rief ihm hinterher. „Pringle, warte. Komm mit uns rein und iss mit uns. Ich bin sicher, Grandma hat etwas Leckeres vorbereitet."

Meine Großmutter strahlte uns an. „Aber sicher doch. Es gibt gebratenen Lachs und Risotto."

Bei der Vorstellung von Lachs drehte sich mir der Magen um, aber ich bemühte mich, es mir nicht anmerken zu lassen, und lächelte sie an.

„Klingt köstlich." Charles verschränkte seine Finger mit meinen, hob unsere Hände an seinen Mund und drückte einen Kuss darauf.

„Ich habe schon alles vorbereitet. Geht einfach rein." Grandma lotste uns ins Haus. „Ich habe sogar das gute Porzellan herausgeholt. Es kommt ja nicht alle Tage vor, dass sich meine Lieblingsenkelin verlobt."

„Das ist doch schon wieder kalter Kaffee", merkte ich lachend an. „Wir haben uns gestern verlobt."

„Ach du, sei still!", erwiderte sie, lachte dann aber herzlich mit.

Pringle huschte nach uns hinein und kletterte auf den Tisch.

„He, wo sind denn deine guten Manieren?", ermahnte ihn Grandma und warf ihm einen strengen Blick zu.

Er zögerte, kletterte dann aber brav auf einen der Stühle. Wie er da so saß, konnte er kaum über die Tischkante gucken, und ich dachte, was er doch für ein süßer Kerl sein konnte.

„Komm, ich hole dir ein Kissen", sagte ich und ging zum Dielenschrank, in dem Grandma allerlei Kram aufbewahrte. Bestimmt fand sich darin auch eine Sitzerhöhung für den Waschbären.

In dem Moment vernahm ich ein leises Klopfen an der Haustür, das mich neugierig machte. Ich öffnete und erblickte Bravo und Möwina nebeneinander auf der Veranda stehen. „Hallo, schön euch zu sehen! Gibt's was Neues?"

„Angie, Angie", krächzte der junge Vogel. „Wir haben sie gefunden!"

Ich traute mich kaum nachzufragen, obwohl ich im Grunde schon wusste, was jetzt kommen würde. „Wen habt ihr gefunden?"

„Deine verschollene Großmutter", bestätigte Bravo mir, was ich kaum zu hoffen gewagt hatte. „Sie hat den Staat nicht verlassen. Sie ist nur umgezogen und lebt jetzt irgendwo in der Mitte von Maine."

„Etwa in der Nähe von Mount Katahdin?", fragte ich baff.

„Ja genau", krächzte Bravo.

„Woher weißt du das?", erkundigte Möwina sich mit zur Seite geneigtem Kopf.

Ich stieß einen müden Seufzer aus. „Keine Ahnung, in letzter Zeit steht bei mir irgendwie alles

Kopf, und das war jetzt noch das Tüpfelchen auf dem i."

„Wir können dich sofort zu ihr bringen. Bist du bereit?", fragte die ältere Möwe.

„Das wäre fantastisch, aber heute Abend bin ich schon verplant. Wir veranstalten eine kleine Party, und es gibt gleich Essen. Könnt ihr morgen wiederkommen?"

Die beiden Vögel waren einverstanden, und nachdem wir uns verabschiedet hatten, ging ich zurück zu meiner Familie ins Esszimmer. Von der großen Neuigkeit, die mir die Möwen überbracht hatten, würde ich ihnen vorerst nichts erzählen.

Morgen war auch noch ein Tag. Heute Abend würden wir feiern – und morgen wieder durchstarten, um ein neues, großes Rätsel zu lösen.

Wie geht es weiter?
Finde es schnell heraus ...

Die perfide Perserkatze ist jetzt erhältlich.

Sichere dir noch heute dein Exemplar, damit du direkt mit der Fortsetzung dieser verrückten Krimiserie weiterlesen kannst!

* * *

Und vergiss nicht, dich in Mollys Liste einzutragen, damit du über alle Neuerscheinungen, monatlich stattfindende Verlosungen und weitere coole Aktionen (einschließlich jeder Menge Katzenfotos) informiert bleibst.

Hole dir noch heute dein persönliches Exemplar und fange direkt an zu lesen. Katzengeheimnisse.com/abonnieren

WIE GEHT ES WEITER?

Endlich konnten wir meine lang verschollene Großmutter ausfindig machen und nun will ich keinen Tag länger warten, um sie persönlich kennenzulernen. Leider erweist sich dieses Vorhaben als ziemlich schwierig.

Also beschließen Charles und ich, uns direkt vor Ort dieses Problems anzunehmen und ein skurriles und gleichzeitig idyllisch an einem See gelegenes B&B zu buchen, das uns als Hauptquartier für unsere Suche dient.

Da jedoch bei uns grundsätzlich nichts nach Plan läuft, stolpern wir über ein Hindernis nach dem anderen. Und nicht einmal eine erholsame Nachtruhe ist uns vergönnt ... immer wieder verschwinden wertvolle Gegenstände aus unserem Zimmer und keine der Türen lässt sich richtig schließen. Vielleicht hätten wir besser auf die negativen Bewertungen im Internet gehört, denn von der stets schlecht gelaunten Besitzerin und ihrer noch verrückteren Perserkatze ist keine Hilfe zu erwarten ... Im Gegenteil.

Wird es mir gelingen, meine leibliche Großmutter doch noch persönlich zu treffen, oder werden wir aufgrund des Ärgers in der Pension direkt unsere Koffer packen und unverrichteter Dinge wieder abreisen?

Hole dir noch heute dein persönliches Exemplar und fange direkt an zu lesen.

Viel Spaß!

KURZE VORSCHAU
DIE PERFIDE PERSERKATZE

ch bin Angie Russo, und mein Leben war noch nie auch nur im Entferntesten normal. In meiner Familie wimmelt es nur so von Supertalenten, allen voran meine Grandma, einst ein gefeierter Broadway-Star und noch heute ein wahres Unikum. Lange Zeit war ich auf der Suche nach meinem besonderen Talent, das auch mich zu etwas Besonderem machen würde. Schätzungsweise habe ich nur deshalb sieben Associate Degrees, also quasi sieben halbe Bachelorabschlüsse gemacht, bevor ich mich schließlich für einen Job entscheiden konnte.

Was mich letztendlich meine wahre Berufung erkennen ließ, war ein Katzenruf – nein, nicht so ein fauchendes, jaulendes Gejammer, wie es diese armen, heimatlosen Kreaturen ausstoßen, die auf der Straße dahinvegetieren. Es war ein richtiges *Miau*, klar und deutlich, und dazu sogar noch auf Englisch.

Ja, ich kann mit Tieren sprechen. Von daher … Nennen Sie mich doch einfach Miss Dolittle.

Es geschah zu der Zeit, als ich als Anwaltsgehilfin in einer großen Kanzlei arbeitete. Wir befanden uns gerade mitten in einer Testamentseröffnung, als alles aus dem Ruder lief. Eins führte zum anderen, und als Krönung verpasste mir eine defekte alte Kaffeemaschine einen Stromschlag. Ich verlor das Bewusstsein, und als ich wieder zu mir kam, hockte dieser Kater auf meiner Brust und quasselte auf mich ein.

Und was für hohe Ansprüche er hatte!

Jetzt, ein paar Jahre später, ist er mein Geschäftspartner und betreibt gemeinsam mit mir eine Privatdetektei. Sein voller Name lautet Octavius Maxwell Ricardo Edmund Frederick Fulton Russo, P.I., den er zum größten Teil seiner früheren Besitzerin zu verdanken hat. Da mir das viel zu lang ist, nenne ich ihn kurz und knapp Octocat.

Gemeinsam mit meiner Großmutter und ihrer zuckersüßen Chihuahua-Hündin Paisley, die sie aus der Tötung gerettet hat, leben wir in einem wunderschönen alten Herrenhaus in Maine, in der Nähe von Blueberry Bay. Und dann ist da auch noch ein Waschbär namens Pringle, der in unserem Garten zwei Baumhäuser in Beschlag genommen hat. Er hilft uns gelegentlich bei der Aufklärung unserer Fälle und erpresst uns regelmäßig mit seinen Honorarforderungen.

Wie Sie sich sicher vorstellen können, wird es mit dieser bunten Truppe nie langweilig.

Oh, beinahe hätte ich vergessen, Charles Longfellow III. zu erwähnen. Er ist der Seniorpartner jener Anwaltskanzlei, in der auch ich früher gearbeitet habe, und außerdem mein Freund ... äh, ich meine, *mein Verlobter!*

Ja, ob Sie es glauben oder nicht, ich bin mittlerweile verlobt!

Wow, an diesen neuen Beziehungsstatus habe ich mich immer noch nicht gewöhnt.

Der Antrag kam für mich völlig überraschend ... nach einem Wochenendausflug mit einem gemieteten Wohnmobil zu einem süßen kleinen Campingplatz, wo natürlich – wie könnte es auch anders sein – wieder einmal ein Mord passierte.

Nachdem er um meine Hand angehalten hatte, sollte ich eigentlich wesentlich entspannter sein. Aber ehrlich gesagt bin ich aufgeregter denn je.

Nicht nur wegen der bevorstehenden Hochzeit, sondern auch aufgrund dessen, was nach unserer Rückkehr passierte.

Vor ein paar Monaten hatte ich mich bereiterklärt, einigen Möwen bei ihrem Territorialkampf mit einem anderen Schwarm zu helfen. Im Gegenzug versprachen sie mir, meine lange verschollene Großmutter ausfindig zu machen, von der ich nur dank eines versteckten Briefes wusste, den Pringle vom Dachboden gestohlen hatte.

Grandma – meine beste Freundin und die Frau, die mich großzog, während meine Eltern damit beschäftigt waren, sich auf ihre Karrieren und sich selbst zu konzentrieren – war also, wie sich herausstellte, nicht mit mir blutsverwandt.

Den Schock dieser Enthüllung habe ich nach wie vor nicht verwunden, und auch ihr fiel es nicht leicht zu akzeptieren, dass ich mit der Großmutter, die ich nie kannte, in Kontakt zu treten beabsichtige. Natürlich habe ich mich nach Kräften bemüht, sie zu beruhigen, aber es geht ihr schon sehr an die Substanz. Sie hatte es sich ja nicht ausgesucht, dass ihr bester Freund – mein leiblicher Großvater – ihr vor vielen Jahren seine kleine Tochter (meine Mom) in die Hand drückte und sie bat, mit ihr unterzutauchen und sich um sie zu kümmern. Grandma hatte nie nach seinen Beweggründen gefragt, und inzwischen ist er leider verstorben. Damit bleibt nur noch meine lang verschollene Großmutter übrig, um uns zu erklären, was es mit der damaligen Aktion auf sich hatte.

Ich muss sie einfach aufsuchen, um mehr über die rätselhafte Vergangenheit meiner Familie in Erfahrung zu bringen. Ja, natürlich habe ich in Betracht gezogen, dass sie gefährlich sein könnte, vor allem, wenn man bedenkt, was mein alter Großvater alles auf sich nahm, um meine Mutter von ihr wegzuholen.

Dennoch bin ich mir ziemlich sicher, dass ich mit einer Achtzigjährigen fertig werde, egal wie bedrohlich sie sich mir gegenüber auch verhalten mag.

Okay, das nur als kleine Hintergrundinformation. Den Möwen ist es tatsächlich gelungen, meine geheimnisvolle Großmutter in der Nähe von Katahdin aufzuspüren. Und ich bereite mich gerade darauf vor, ihr zum ersten Mal gegenüberzutreten. Ich bin so aufgeregt, dass ich kaum ...

Schön tief durchatmen.

Zugegeben, ich habe Angst, was aber nicht bedeutet, dass ich diese Gelegenheit nicht beim Schopf packen werde. Ich meine, es ist ja nicht viel anders, als wenn man sich den Verband von einer Wunde herunterreißt, oder? Auch das muss getan werden, damit die Verletzung darunter gut verheilen kann.

· · ·

Als ich an diesem Vormittag von dem mit Hartholz ausgelegten Wohnzimmer in die Küche geschlurft kam, stolperte ich beinahe über meine übergroßen Pantoffeln.

„Guten Morgen", flötete Grandma, schwebte zu mir herüber und drückte mir einen Bananen-Nuss-Muffin in die Hand. „Dann setze ich jetzt mal den Kaffee auf."

„Danke", murmelte ich und hob das süße Teilchen in Richtung meiner unteren Gesichtshälfte, in der Hoffnung, dass es meinen Mund treffen würde. Ich war noch nie ein Morgenmensch gewesen, und sogar noch weniger, seit ich Angst vor elektrischen Kaffeeautomaten habe.

Bitte verurteilen Sie mich nicht vorschnell. Wenn Sie einen derartigen Stromschlag abbekommen hätten, hätten Sie mit Sicherheit ebenfalls Respekt vor solch einem Monster.

Natürlich habe ich eine Million verschiedener Koffeinlösungen ausprobiert, vom Kaffee aus der Dose über Instantpulver bis hin zu einer simplen Kaffeemaschine, aber es geht eben nichts über ein frisch gebrühtes, dunkles, belebendes Heißgetränk. Das ist eine komplett andere Erfahrung ... der Duft, das Geräusch, wenn die Bohnen gemahlen werden ... einfach alles.

Zum Glück war Großmutter gerne bereit, meine Sucht zu unterstützen.

Und so setzte ich mich auf einen Stuhl, knabberte an meinem Muffin und sah ihr zu, wie sie die Küche aufräumte und den Kaffee aufbrühte. Sobald er durchgelaufen war, schenkte sie mir eine große Tasse ein und mischte ein wenig Kürbisgewürz dazu. Wie hatte sie sich gefreut, als sie diese Mischung sogar außerhalb der Saison entdeckt hatte, was bedeutete, dass für mich seitdem immer Saison war.

Sie hielt sich zurück, bis ich mir ein paar erste Schlucke des lebensspendenden Elixiers einverleibt hatte, und sprach mich erst dann an. Clevere Frau.

„Was hast du für heute geplant, Liebes?", erkundigte sie sich, goss sich ebenfalls einen Becher ein und ging hinüber ins Wohnzimmer.

Pflichtbewusst folgte ich ihr und schlurfte erneut dermaßen, dass die kleinen Katzenköpfe auf meinen Hausschuhen bei jedem Schritt hin und her wackelten. Grandma hatte sie mir zum Valentinstag geschenkt und angemerkt, die Gesichter sähen genauso aus wie das von Octocat. Seitdem trug ich sie fast jeden Tag, zum einen, weil es sie glücklich zu machen schien, und zum anderen, weil es meinen Kater tödlich nervte.

„Ich sollte dir Pantoffeln mit kleinen Menschenköpfen drauf kaufen. Mal schauen, wie dir das gefiele", murrte dieser, der es sich auf dem Sofa bequem gemacht hatte, und klopfte verärgert mit dem Schwanz auf das Polster.

Ich nahm in meinem Lieblingssessel Platz, während Grandma sich ebenfalls auf der Couch niederließ. Paisley hüpfte neben sie und rieb ihre winzige, nasse Hundeschnauze an Octocats Hinterteil.

„Pfui Teufel!", brüllte er, und das Fell auf seinem Rücken stellte sich auf. „Warum musst du mich immer dort beschnüffeln? Der Geruch hat sich seit gestern mit Sicherheit nicht verändert!"

„Guten Morgen, großer Bruder!", quiekte die kleine Maus. Dabei wedelte sie so heftig mit ihrem Schwänzchen, dass ihr ganzer Körper vor Anstrengung zitterte.

Der knurrte nur ungehalten und sprang vom Sofa, um sich irgendwo ein ruhigeres Plätzchen zu suchen.

Es war unsere übliche Morgenroutine.

„Liebes?", hakte Großmutter nach und schaute mich fragend an. „Deine heutigen Pläne?"

Oh! Richtig.

„Bitte entschuldige, aber die Tiere haben mich abgelenkt", murmelte ich, um mir etwas Zeit zu verschaffen. Jetzt, da ich genug Koffein im Körper hatte, um ein paar zusammenhängende Gedanken fassen zu können, wurde mir schlagartig bewusst, was ich tun musste. Und zwar genau das, was mich die ganze Nacht über wachgehalten hatte. Kein Wunder, dass ich heute Morgen so extrem müde war.

„Also, Grandma …" Ich hielt den Blick auf die Tasse in meinen Händen gesenkt, während ich fortfuhr. „Bravo kam gestern Abend vorbei. Er konnte meine leibliche Großmutter ausfindig machen."

„Oh." Das war alles, was sie dazu sagte.

Als ich mich irgendwann entschloss, doch wieder aufzuschauen, waren ihre Augen auf einen undefinierbaren Punkt in der Ferne gerichtet, und sie streichelte gedankenverloren über Paisleys Fell.

„Grandma?", sprach ich sie erneut an. Es tat mir im Herzen weh, sie so leiden zu sehen. Andererseits sollte sie auch verstehen, dass ich darauf brannte, die Frau kennenzulernen, die meine Mutter geboren hatte. Ob sie nun Teil unseres Lebens war oder nicht, hatte sie doch ihren Beitrag zu dem geleistet, was aus Mom und mir geworden war.

Großmutter seufzte leise auf. „Ich nehme an, du wirst sie aufsuchen?"

„Ja", antwortete ich mit fester Stimme. Das stand nicht zur Debatte, ganz gleich, wie sehr ihr diese Idee auch gegen den Strich ging. Allerdings hatte ich einen Plan gefasst, um den Schlag, den ich ihr mit dieser Entscheidung versetzte, etwas abzufedern.

Ich wartete darauf, bis sie den Kopf wieder in meine Richtung drehte und bedachte sie mit einem aufmunternden Lächeln. „Und ich möchte, dass du mich begleitest."

Hole dir noch heute dein persönliches Exemplar und fange direkt an zu lesen.

ÜBER MOLLY FITZ

Obwohl USA-Today-Bestsellerautorin Molly Fitz genau genommen nicht mit Tieren sprechen kann, führen sie und ihre drei tierischen Co-Autoren oft tiefgründige und lebhafte Gespräche, während sie den alltäglichen Dingen des Lebens nachgehen.

Molly lebt mit ihrem Kind und ihrem eigenen Privatzoo irgendwo in der Wildnis von Alaska. Gelegentlich wagt sie sich hinaus, um ein exquisites Essen zu genießen, einen guten Kaffee zu trinken oder neue Tierfreunde zu treffen.

Erfahre mehr über Molly und ihre deutschen Veröffentlichungen, indem du dich gleich für ihren Newsletter anmeldest:

www.katzengeheimnisse.com

MISS DOLITTLES GEHEIMNIS

Angie Russo hat sich gerade mit dem ersten sprechenden Katzendetektiv von Blueberry Bay zusammengetan. Gemeinsam mit seiner bunt zusammengewürfelten Schar menschlicher und tierischer Helfer ist Octocat fest entschlossen, jede Situation zu retten – solange sie nicht mit seinem persönlichen Zeitplan kollidiert.

Viel Spaß mit Band 1 – **Kommissar Katerchen**

MERLINS MAGISCHE ABENTEUER

Gracie Springs ist keine Hexe ... ihr Kater hingegen schon. Jetzt muss sie alles in ihrer Macht Stehende tun, um sein Geheimnis zu wahren, oder sie riskiert, den Rest ihres Lebens in einem magischen Gefängnis zu verbringen. Zu dumm, dass sie den Ärger geradezu magnetisch anzuziehen scheint!

Viel Spaß mit Band 1 – **Merlin findet eine Vertraute**

AGENTUR FÜR PARANORMALE ZEITARBEIT

Tawny Bigfords gewöhnlich zu nennendes Leben nimmt eine magische Wendung, als sie über die Leiche ihrer Vermieterin stolpert und von einer sprechenden schwarzen Katze rekrutiert wird, die Rolle der Verstorbenen als offizielle Stadthexe von Beech Grove, Georgia, zu übernehmen.

Viel Spaß mit Band 1 – **Eine Hexe für alle Gelegenheiten**

DAS GEISTERHAFTE GÄSTEHAUS (MIT TRIXIE SILVERTALE)

Sydney Coleman hat alles erreicht – und doch steht sie irgendwann vor dem Nichts. Gerade, als sie ihr neues Bed and Breakfast eröffnen will, stellt sich ihr ein Geistertrio auf Schritt und Tritt in den Weg. Die Geister bestehen darauf, dass sie den Mord an ihrer Herrin aufklärt, aber Sydney braucht dringend Geld. Wenn nicht bald ein paar zahlende Gäste eintreffen, ist ihre Spukvilla dem Untergang geweiht.

Viel Spaß mit Band 1 – *Mörderischer Mondschein*

VERBINDE DICH MIT MOLLY

Wenn du ebenfalls ein großer Fan von spannenden, schrägen Tierkrimis bist, sollten wir unbedingt Freunde werden.

Wie wäre es, wenn du direkt einmal meine Facebook-Seite besuchst, die ich speziell für meine treuen deutschen Leser eingerichtet habe? Hier der Link dazu:

Facebook.com/Katzengeheimnisse

Oder melde dich für meinen Newsletter an und sichere dir als Abonnent gratis ein digitales Geschenkpaket, einschließlich einer exklusiven Kurzgeschichte über Octocat:

Katzengeheimnisse.com/Abonnieren